فریاد

محمود شکراللهی

ترجمهٔ سمیه دیندارلو

نشر مهری

ادبیاتِ ترجمه، رمان * ۳۷

فریاد

محمود شکراللهی
ترجمهٔ سمیه دیندارلو

|چاپ اول: تابستان ۱۴۰۲، نشر مهری| شمارگان: ۱۰۰ نسخه|
|شابک: ۸-۷۰-۹۱۶۶۳۵-۱-۹۷۸|

|صفحه‌آرایی و طرح جلد: استودیو مهری |
|ویراستار: مهدی خطیبی |

مشخصات نشر: نشر مهری :لندن
۲۰۲۳ میلادی/۱۴۰۲شمسی.
مشخصات ظاهری: ۱۴۴ ص.: غیرمصور.
موضوع: داستان فارسی.

www.mehripublication.com
info@mehripublication.com

برای او، پدرم

فهرست

١

ژوزف، مستأجر اتاق شمارهٔ سیزده، شب بیست فوریه را با ماری می‌گذراند. شبی طوفانی و ملتهب که مثل همیشه به یکی شدن بدن‌های جوانشان می‌انجامد. او صبح زود درحالی‌که ماری آهسته و آرام در کنارش خوابیده، با نفس‌تنگی و اضطراب از خواب بیدار می‌شود. پیش از آنکه از جایش بلند شود و تختخواب را ترک کند، برای لحظه‌ای طولانی تماشایش می‌کند. ماری چشمانش را باز می‌کند و پس از ادای چند کلمهٔ نامفهوم غلتی می‌زند و بلافاصله دوباره به خواب می‌رود.

با رفتن به خیابان، سرما به بدن ژوزف نفوذ می‌کند و به قلبش می‌رسد. لحظه‌ای می‌ایستد و به پنجرهٔ خاموش اتاق ماری نگاه می‌کند. ترک خانهٔ ماری در این ساعت از صبح اصلاً برایش طبیعی نیست. پس مردد می‌شود که برگردد و برمی‌گردد. از پنج طبقه بالا می‌رود، ابتدا آرام و سپس محکم‌تر به در می‌کوبد، اما ماری در را باز نمی‌کند، و همان‌طوری که ژوزف بارها احساس کرده بود، دیگر هرگز او را نخواهد دید.

ژوزف در دانشگاه با سری سنگین و گیج خود را از این کلاس به کلاس دیگر می‌کشاند. اضطراب صبح نه‌تنها رهایش نکرده، بلکه لحظه‌به‌لحظه

هم بیشتر شده است. پروفسور برنارد معروف، روبه‌روی کلاسی شلوغ سرگرمِ واکاوی نشانه‌های جنون متداول است. ژوزف احساس خفگی می‌کند. هوا سنگین است و تنفسش نامنظم. احساس عشق بی‌نظیرش به ماری در او فوران می‌کند. نیاز دارد او را ببیند، لمسش کند و به ضربان قلبش گوش دهد. تصمیم می‌گیرد بلند شود؛ بلند می‌شود. پروفسور با تعجب نگاهش می‌کند. فریاد می‌زند: «احترام دیگری سرکوبی را که بر او اِعمال می‌شود توجیه می‌کند.» سکوت حاکم می‌شود. همه به ژوزف نگاه می‌کنند. پروفسور منتظر می‌ماند که ژوزف از کلاس بیرون برود. «راه برگشتی وجود ندارد. جنون که آغاز می‌شود دیگر نمی‌توان جلویش را گرفت...» و صدای خنده در راهرو می‌پیچد.

اواخر بعدازظهر سرد و یخی، ژوزف زیر باران ملایمی وارد ساختمان محل زندگی‌اش می‌شود. سیمون ویدال و خانم اشتاین سرگرمِ صحبت با هم جلوی آسانسورِ گیرکرده در طبقهٔ سوم، متوجه او می‌شوند و گفت‌وگوی خود را قطع می‌کنند، و دوباره وقتی او در راه‌پله ناپدید می‌شود به ادامهٔ بحثشان می‌پردازند. همسایه‌ها در پاگرد طبقه‌هایشان هستند. این معمول نیست، اما ژوزف همان‌طور که همیشه وقتی آسانسورشان خراب می‌شود، هر هشت طبقه را به‌اجبار یک‌نفس بالا می‌رود تا به اتاقش برسد. بالاخره وارد اتاقش می‌شود و در را پشتِ سر خود می‌بندد.

نمی‌داند چقدر خوابیده است. نیمه‌های شب از سرما و نم و نا از خواب بیدار می‌شود. باد و باران در خواب بزرگ شده‌اند واز پنجرهٔ کوچک اتاقش، که چفت‌وبست محکمی ندارد، به داخل نفوذ کرده‌اند. ژوزف به‌سختی بلند می‌شود و سوراخ‌ها را با ملحفه‌های کهنه می‌گیرد و به تختخوابش برمی‌گردد. دوباره دراز می‌کشد، اما دیگر خوابش نمی‌برد. تصمیم می‌گیرد بلند شود، اما احساس خستگی شدیدی می‌کند. غم

بزرگی او را در بر گرفته است. بیرونْ باد همچنان می‌پیچد و باران بر پشت‌بام می‌کوبد. آسمان انگار دیوانه است. به سمفونی دیوانه و پرزورِ طبیعت گوش می‌دهد. می‌داند که دلتنگ ماری است. برای اولین‌بار به خود اقرار می‌کند که برای دور کردن او از زندگی خود دست به هر کاری زده است. به‌مرور برای ترک این زندگی دیوانه‌وار برنامه‌ریزی کرده است. با ظرافت و آگاهی کوشیده است، بیهودگی عشق و هر نوع امیدی را در عشق نشان بدهد. ژوزف حتی فکر می‌کند که مسئول این وضعیت بی‌برگشت است. با قلبی سنگین به یاد می‌آورد که چطور توانسته عشقشان را در زندان ناامیدی و سرخوردگی حبس کند. نه، امکان بازگشتی نیست. همه‌چیز از دست رفته است. روزها در پی شب‌ها و شب‌ها در پی روزها. احساس می‌کند له شده زیر سنگینیِ این زندگی بی‌سرانجام، نابود شده است در این شرایط معلق، جایی که همه‌چیز به‌شکلِ شکنجه‌ای ابدی است، و حالا بغض گلویش را می‌گیرد. احساس می‌کند که اشک‌هایش جاری شده است. صدایی می‌شنود، ناله‌ای غریب و دور از گلویش بیرون می‌آید. گوش‌هایش را تیز می‌کند. صدا از گلویش نیست. صدا از اتاق کناری، اتاق خانم پی‌یر می‌آید. از جا بلند می‌شود و گوشش را به دیوار می‌چسباند. خانم پی‌یر انگار با هق‌هق خفه‌ای سرگرمِ نیایش است. ژوزف سعی می‌کند گوش دهد، اما طوفان نمی‌گذارد. پس به رختخواب می‌رود و خود را در نجواهای گنگ خانم پی‌یر رها می‌کند.

ژوزف باوجودِ بی‌خوابی، صبح زود برای پیدا کردن ماری اتاقش را ترک می‌کند. در طبقهٔ هفتم خانم پی‌یر را می‌بیند که از آسانسور بیرون می‌آید. نگاه عجیبی به او می‌اندازد طوری که خانم پی‌یر سنگینی نگاهش را احساس می‌کند. ژوزف با اشاره به آسانسور زیرِ لب می‌گوید: «در طول شب درستش کرده‌اند.» خانم پی‌یر بی‌اعتنا و جوری که انگار او را

نمی‌بیند در راه‌پلهٔ طبقهٔ هشتم ناپدید می‌شود.

ساکنان در طبقهٔ همکف، جلوی اتاق نگهبانی، جمع شده‌اند. دکتر موریس با خستگی سعی دارد آن‌ها را از سلامتی آقای جرالد مطمئن کند. با صدایی گرفته و نگاهی پریشان می‌گوید: «باید صبر کنیم.» و سرایدار هم تأیید می‌کند. ژوزف که سعی در باز کردن راه خود دارد، با چشم‌غرهٔ سرایدار در جا خشکش می‌زند. همهٔ نگاه‌ها به سمتش می‌چرخند. ژوزف بلافاصله تسلیم می‌شود و در جایش میخکوب. سکوتی معلق و طولانی. ناگهان جمله‌ای نامفهوم با صدایی عجیب از دهان خانم جنرال بیرون می‌آید. «اتفاقی است که افتاده.» همسایگان با چشمانی گردشده به او نگاه می‌کنند. او که تحت تأثیر قرار گرفته است، درحالی‌که سعی دارد دندان‌های مصنوعی‌اش نیفتد، بزاق دهانش را قورت می‌دهد. درِ ورودی ساختمان باز می‌شود، دو مرد سیاه‌پوش وارد می‌شوند. سرایدار با انگشت به ژوزف اشاره می‌کند و آن‌ها دستگیرش می‌کنند.

روزنامهٔ عصر به نقل از دکتر موریس، دوست، همسایه و پزشک معالج آقای جرالد گزارش می‌دهد: «دردی که آقای جرالد از آن می‌نالید هیچ شباهتی به دردهای دیگر نداشت.»

«معمای خیابان پاسکال» به قلم م.ش در بخش حوادث، راز این به‌اصطلاح «فریادِ» آقای جرالد را به‌تفصیل شرح می‌دهد. ساعت فریاد، تجمع اهالی در مقابل درِ نگهبانی، ورود قاضی به‌همراه دو مأمور لباس‌شخصی، بازجویی منظم از اهالی ساختمان و محله، بررسی محدودهٔ فریاد... اما چیزی که با خواندن مقالهٔ م.ش توجه ژوزف را جلب می‌کند، بیشتر از شرح دقیق و وسواس‌گونهٔ این رویداد، قاطعیتی است که نویسنده با آن صداقت مسئولان برقراری نظم عمومی را زیر سؤال می‌برد. م.ش می‌نویسد: «سرعتی که در روی دادن اتفاق‌های امروز مشاهده شد، نشان می‌دهد که مقامات و مسئولان نظم عمومی برای وقوع چنین رویدادی آماده بوده‌اند... آیا آن‌ها انتظار این فریاد مرموز را داشتند؟ یا احتمال وقوع آن را حدس زده بودند؟ نگاهی دقیق‌تر به شواهد موجود، ما را به این نتیجه می‌رساند که باور کنیم دسیسه‌ای در کار بوده. یک دستکاری که درحال‌حاضر از اهداف آن اطلاعی نداریم. چه کسی از این فضای ترس و بی‌اعتمادی، که از صبح امروز بر

خیابان پاسکال حاکم شده، سود می‌برد؟» در همین مقاله است که ژوزف دربارهٔ احضار، بازجویی و سپس آزادی همسایه‌هایش به دستور قاضی مطلع می‌شود. ژوزف دوباره خبر را می‌خواند؛ خط‌به‌خط؛ بینِ خط‌ها. بیهوده است، نقش خود را در این ماجرا نمی‌فهمد، اما دوباره می‌خواند. اضطرابش بیشتر می‌شود. آن‌قدر آن را می‌خواند تا خسته شود و از حال برود.

سه روز می‌گذرد. کسی به سراغش نمی‌آید. از خوابی به خواب می‌رود. وقتی که درنهایت بیدار می‌شود، به‌طوری باورنکردنی خود را سبک احساس می‌کند، آرام. غیرقابل‌فهم. می‌خواهد چند روز دیگر هم در همین وضع بماند تا خبر به گوش ماری برسد و به‌دنبالش بیاید. ژوزف فکر می‌کند که این موقعیت غیرمنتظره، ماری را غافلگیر خواهد کرد و شرایط زندگی دوباره‌شان را راحت‌تر می‌کند. اما ماری نمی‌آید. او دیگر هیچ‌وقت نخواهد آمد. این نگهبان است که روز چهارم به سراغش می‌آید تا او را پیش قاضی ببرد. نگهبان برای قوت قلب به او می‌گوید: «این احضار جنبهٔ تشریفاتی دارد.» اما ژوزف ترس را حس می‌کند؛ ترس اولین ملاقات با نمایندهٔ عدالت. نگهبان می‌گوید: «او می‌خواهد شما را به‌تنهایی ملاقات کند. مورد شما برایش جذابیت خاصی دارد.» ژوزف اما ساکت است و در نگاه نگهبان نوعی توجه و احترام خاص می‌بیند.

قاضی منتظرش است. مردی بلندقد، باریک، ظریف و مهربان. او از آرامش مثال‌زدنی ژوزف قدردانی می‌کند و می‌گوید که رفتار او از لحظهٔ دستگیری‌اش تاکنون، نشانهٔ «اعتماد او به قانون و عدالت» است. ژوزف اما فکر می‌کند که این جمله تهی و بی‌مفهوم است. بااین‌همه، نه‌تنها از افکارش حرفی نمی‌زند، بلکه لبخندی هم می‌زند. قاضی هم لبخند می‌زند. این دیداری که پشت درهای بسته و در غیاب شاهدان برگزار شده، نقطهٔ عطف بزرگی است در زندگی ژوزف.

یک ماه. ژوزف در نامه‌ای که هیچ‌وقت برای ماری نفرستاد نوشت: «یک ماه چیز کمی نیست.»

ژوزف تغییر کرده است. ساختمانشان هم همین‌طور. آنجا مثل لانهٔ مورچه‌ای شده است. همه از هر طرفش می‌دوند. حتی خانم جنرال، هرچند به شیوهٔ خود، در پیچ‌وتاب بدن کج‌ومعوجش همچون حرف s کوچکی می‌لولد و می‌دود. سرایدار می‌گوید که او «به دیدن موریسش می‌رود... ما که نفهمیدیم». دکتر موریس، اما سرگرمِ برگزاری جلسهٔ خود دربارهٔ سلامت آقای جرالد است. ساکنان در راه‌پله، جلوی درها، روی پاگردها همه‌جا پخش و خوشحال‌اند.

ژوزف هم احساس سبکی می‌کند. قدم‌هایش را کُند می‌کند. کسی او را نمی‌بیند. محلی به او نمی‌گذارد. درست است که همدیگر را نمی‌شناسند. ژوزف تاکنون هیچ‌وقت اهمیتی به آن‌ها نداده بود. آن‌ها هم همین‌طور. اما بالاخره یک ماه غیبت هم که چیز کمی نیست.

ژوزف به جلوی درِ اتاقش می‌رسد، شمارهٔ سیزده. مضطرب کمی به عقب خیز برمی‌دارد. به او خیانت شده است. کسی در نبودش وارد اتاقش شده. او لحظهٔ کوتاهی به ماری فکر می‌کند، اما این فکر با همان

سرعتی که آمده بود از ذهنش فرار می‌کند. ماری را می‌شناخت و او کلید اتاقش را نداشت. ژوزف تصمیم می‌گیرد به نگهبانی برود. اما بلافاصله منصرف می‌شود. در را هل می‌دهد و با تردید وارد می‌شود. مات و مبهوت می‌ماند. همه‌چیز تغییر کرده است. دیوارها سفید شده‌اند، کتاب‌هایش در قفسه‌ای چیده شده‌اند که نمی‌شناسد. جای پنجرهٔ قدیمی، پنجرهٔ تازه‌ای است که نور روز را می‌شکند و به اتاق رنگِ خاکستری خفه‌کننده‌ای می‌دهد. آینهٔ بزرگی که در دیوار زیر پنجره کار گذاشته‌اند، حجم اتاق را دوبرابر کرده است. آینه‌ای که هر کجا باشی تصویر خودت را به خودت تحمیل می‌کند، چه پشت میز نشسته باشی، چه روی صندلی راحتی یا روی تختخواب دراز کشیده باشی. ژوزف به‌سرعت پنجره را باز می‌کند تا هوای تازه و سروصدای شهر به اتاق حمله‌ور شود. گیج و سردرگم به میز کوچک و مرتبش نگاهی می‌اندازد که پایه‌هایش در کف اتاق ثابت شده است و روی صندلی راحتی کنار تختخوابش ولو می‌شود. سعی می‌کند تختخواب را تکان دهد، اما نمی‌شود. همه‌چیز مثل سرنوشتش ثابت شده و به زمین چسبیده است. ناگهان به نامه‌های ماری فکر می‌کند. کشوی میز را باز می‌کند، آنجا هستند. شروع به شمردنشان می‌کند، انگار تعدادشان را می‌داند. بعد به صندلی‌اش برمی‌گردد و به دیوارها و کتاب‌ها و اشیا و تصویر خود در آینه نگاه می‌کند. احساس حقارت و پوچی و نیستی دارد. آن خطوط نامنظم باران زیر پنجره، آن شکل‌های اتفاقیِ نامنظم و تَرَک‌های سقف، برای همیشه ناپدید شده‌اند. ژوزف با سنگینی بلند می‌شود و اتاق را ترک می‌کند.

راه‌پله شلوغ‌تر از قبل است و ژوزف مثل گمشده‌ای از پله‌ها پایین می‌آید. در طبقهٔ چهارم، سیمون ویدال و خانم اشتاین کنار می‌روند و به او اجازهٔ عبور می‌دهند. سیمون ویدال زیر لب می‌گوید: «ما می‌دانیم که او بی‌گناه است...»

شاید آزادی ژوزف اتفاقی نباشد، اما دستگیری‌اش کاملاً اتفاقی به‌نظر می‌رسد.

سرنوشت. این قاضی بود که برای اولین‌بار از بازیِ سرنوشت گفته بود، اما ژوزف آن را قبول نداشت و این را به قاضی گفته بود. این حقیقت داشت که پروفسور برنارد سه سال پیش، سفارش او را به دوست قدیمی‌اش، آقای جرالد، کرده بود. اتاق شمارهٔ سیزده، آن زمانِ به‌خصوص خالی بود و مورد پسند ژوزف قرار گرفته و تصمیم گرفته بود همان‌جا مستقر شود، اما هیچ‌کدام از این‌ها دستگیری‌اش را توجیه نمی‌کرد. قاضی به او گفته بود: «سکونت در این ساختمان مطمئناً جرم نیست، اما اگر مقامات بخواهند، می‌تواند تبدیل به جرم شود.» ژوزف که خیالش راحت شده بود، نمی‌توانست از روراستی قاضی تشکر نکند. حتی شتاب‌زده گفته بود که شرایط را درک می‌کند و قاضی هم از این برداشت خوشش آمده بود. برای جلب اعتماد ژوزف گفته بود، او یا هرکس دیگری. ساکن این اتاق است که برای دستگاه عدالت مهم است. اما چیزی از رفتن قاضی نگذشته است که ژوزف درد عجیبی را در اعماق وجودش احساس می‌کند. بی‌گناهی واضحش، دستگیری بی‌دلیلش را هرچه مخوف‌تر می‌کرد. چیزی را

نمی‌فهمید. ژوزف فکر می‌کند، قاضی همهٔ حقیقت را به او نمی‌گوید، اما قطعاً یک روز همه‌چیز را خواهد گفت.

حالا دیگر کاری را که باید انجام دهد انجام خواهد داد. مشاهدهٔ همسایه‌ها در ساختمان و بعد هم در محله. فریاد همه‌چیز را دگرگون کرده است. آرامش همیشگی را به هم زده است. ساکنان را شکننده کرده است. ترس از خلأ به‌جا مانده در غیاب آقای جرالد همه را در بر گرفته است. او آنجاست بی‌آنکه باشد. در طبقهٔ سوم، در بستر بیماری، با چشمانی بسته، دهانی باز، و تنفسی منظم. گویی تمام توانش را در فریادش گذاشته است. فریادی که می‌شد آثارش را در صورت رنگ‌پریده و خسته‌اش یا روی خطوط پیشانی‌اش به‌وضوح دید. همهٔ همسایه‌ها اینجا هستند. در اطراف این مرد باوقار با این بیماری عجیب و غریب. همه در سکوت و با احترام به او نگاه می‌کنند. دکتر موریس، متأثر، از خطوط صورت آقای جرالد می‌گوید، از هر نشانه‌ای که ماهیت دردش را بازگو می‌کند؛ از فریادش که از دورها آمده است. این فریاد نه انسانی و نه حیوانی، فریادی که باید شناخت و سرچشمه‌اش را پیدا کرد. دکتر موریس هم تغییر کرده و به زندگی برگشته است. او این را می‌داند و تأیید می‌کند. همه با اطمینان کلماتش را می‌بلعند.

ژوزف، متأثر، در اولین گزارش خود به مقامات می‌نویسد: «ترس ناشی از فریاد، ساکنان ساختمان را بیشتر از همیشه متحد کرده است. اختلافاتشان را کنار گذاشته‌اند. پشتیبانی بی‌بروبرگردشان از تقاضای دکتر موریس از مراجع برتر علمی شهر برای ایجاد یک واحد تحقیقاتی در زمینهٔ یافتن ریشهٔ فریاد آقای جرالد، نمونه‌ای از این اتحاد و همبستگی است.»

مرکز علمی، تحت تأثیر حرف‌های دکتر موریس و برای تحقیق دربارهٔ فریاد و جمع‌آوری شهادت ساکنان ساختمان، دو محقق جوان را در اختیارش می‌گذارد. آن‌ها شبانه‌روز سیر پیشرفت بیماری آقای جرالد را

زیر نظر می‌گیرند، و تنفسش را کنترل می‌کنند که هرازچندگاه به صورتی تهدیدآمیز نوید فریاد دوباره‌ای را می‌دهد. سرایدار برای استقبال از محققان جوان، همهٔ تلاش خود را می‌کند. آن‌ها را در دو اتاق شمارهٔ پنج و هفت جا می‌دهد، اتاق‌هایی که از زمان اخراج دو دانشجوی خارجیِ متهم به همکاری با گروهکی با افکار منحرف، خالی از سکنه بود.

حضور این دو محقق جوان، جان تازه‌ای به ساختمان می‌بخشد. علم همه‌چیز را به دست می‌گیرد. خیال اهالی را راحت می‌کند. شادی کودکانه‌ای به آن‌ها می‌بخشد. همدیگر را می‌بینند، مرتب. اتحادْ ترس را دور می‌کند. همهٔ مناسبات خوب است: گفت‌وگو در پاگردها، چای ساعت چهار بعدازظهر خانهٔ خانم جنرال، پیش‌غذاهای غروبی خانهٔ خانم اشتاین که به شام منتهی می‌شود... آن‌ها دوباره یکدیگر را کشف می‌کنند و بیشتر از همیشه قدر هم را می‌دانند. حتی خانم جنرال متعجب از اینکه چطور توانسته این‌همه سال بدون این رابطه و صمیمیت زندگی کند، به خانم پی‌یر می‌گوید: «بالاخره در هر بدبختی یک خوشبختی پنهان است.»

موفقیت این جلسات، آرامش دلچسبی به ساختمان می‌بخشد. فریاد «فراموش» شده است. دیگر کسی چیزی از آن نمی‌گوید. آن‌ها وقتی می‌خواهند از آقای جرالد حرفی بزنند می‌گویند: «او». دکتر موریس همه‌چیز را تحت کنترل گرفته است. هر روز صبح بر بالین آقای جرالد مظهر یقین است. هیچ‌کس به باور بی‌قیدوشرط او به علم شک ندارد. باوری که به او اجازه می‌دهد، به کمک سن بالایش، گه‌گاهی از خود سؤال کند، همراه آهی عمیق، که آیا علم جواب همه‌چیز را دارد؟ آیا این فریاد از جای دیگری نمی‌آید؟ این‌ها را که دکتر می‌گوید، چشم‌ها به او خیره می‌شوند. او در برابر همه اعتراف می‌کند که جدا از همکاری با دو محقق جوان، باقی اوقاتش را صرف خواندن کتاب‌های قدیمی می‌کند.

حرف‌هایی که هرچند در ابتدا جذاب‌اند، ولی به‌سرعت در ذهن برخی ترس را بیدار می‌کنند، ترس از افکار پنهانی. ژوزف در این سخنرانی‌های عمومی دکتر موریس «میل نامیدن بیماری بی‌نام دوست قدیمی‌اش آقای جرالد» را می‌بیند. هرچند جذاب‌تر این است که ما این بیماری را به پدیده‌های ماوراءالطبیعی مربوط کنیم، اما از نظر خانم جنرال که به کمک‌های پزشکی دکتر موریس عادت کرده، «به‌جای جست‌وجوهای خطرناک در کتاب‌های کهنه» بهتر است از افرادی مراقبت کند که به او نیاز دارند. خانم جنرال، که از فقدان دکتر موریس می‌نالد، بیش‌ازپیش از دردِ ستون فقرات شکایت می‌کند، اما باوجودِ همهٔ مشکلاتی که برای آمدن به جلسات اطلاع‌رسانی دارد، همچنان نمی‌خواهد هیچ‌کدام را از دست بدهد. از طرفی هم می‌خواهد توجه همسایه‌ها را به حال وخیم خود جلب کند.

اولین مشاهده‌ها برای خانم جنرال کافی بود تا به موضوع موردعلاقهٔ خود یعنی «سلامتی‌اش» بپردازد و از فقدان «کسی که بیشتر اوقاتش را در ستاره‌ها می‌گذراند» شکایت کند؛ درست زمانی که بیشتر از همیشه در اینجا به او نیاز است. همسایه‌ها با او همدردی می‌کنند. خانم جنرال با چنان صمیمیتی از نگرانی‌های خود می‌گوید که همه همراهی و حمایتش می‌کنند. همسایگان همه نگران غیبت دکتر موریس هستند.

در کمال تعجب، فریاد دوم از آقای جرالد نیست. خانم اشتاین، گیج و مبهوت، برای همسایه‌ها، که همه جلوی درِ نگهبانی جمع شده‌اند، تعریف می‌کند پس از فریاد آقای جرالد بر آن‌ها چه رفته است. «می‌دانستم که قرار است به او ملحق شود. هیچ کاری نمی‌شد کرد. خودش را در اتاق حبس کرده بود، با من هم حرف نمی‌زد، با نگاهی عمیق به سقف خیره شده بود. لب‌هایش می‌لرزیدند انگار داشت با... آه چقدر عجیب بود. شوهرم، همسفرِ آن‌همه سال زندگی، به‌سختی مرا نگاه می‌کرد. از بیست فوریه به بعد با ترس‌ولرز زندگی کرده‌ام. نمی‌توانستم به کسی هم چیزی بگویم. چگونه می‌توانستم شوهرم را لو دهم؟» خانم اشتاین حرف‌های خود را یک‌نفس تکرار می‌کند. «این دوتا آن‌قدر با هم یکی بودند...» خانم جنرال که از داستان دل‌خراش خانم اشتاین ترسیده است، آب دهانش را قورت می‌دهد و درحالی‌که سعی دارد از نگاه خشن دکتر موریس دوری کند، با صدایی لرزان و بغض‌آلود می‌گوید، این فریاد حتی قوی‌تر و ترسناک‌تر از فریاد آقای جرالد بود. دکتر موریس که نمی‌تواند عصبانیت خود را پنهان کند، با صدایی خشن اعلام می‌کند که این دو فریاد یکی بوده‌اند. «فریاد اول خواب بعضی را» درحالی‌که به خانم جنرال اشاره دارد «آشفته کرده،

درحالی‌که فریاد دوم در بیداری به گوششان رسیده است.»

اما وحشت به‌سرعت غلبه می‌کند. نظم شکننده‌ای، که پس از اولین فریاد شکل گرفته بود، فرومی‌ریزد و رعب و وحشت عمومی حکم‌فرما می‌شود. رفت‌وآمدهای بیهودهٔ ساکنان در راه‌پله نشان آشفتگی آن‌هاست؛ اخبار ضدونقیض با سرعت سرسام‌آوری پخش می‌شود؛ تمام استدلال‌ها بی‌فایده‌اند. کنترل شرایط برای دکتر موریس و محققان جوان دشوار شده است. آن‌ها بالاخره تصمیم می‌گیرند به بالین آقای اشتاین بروند. اما با نگاه تهدیدآمیز قاضی، که تازه از درِ ورودی به داخل آمده، سرِ جای خود میخکوب می‌شوند.

قاضی مدتی طولانی صورت‌های ترسیدهٔ اهالی ساختمان را یکی پس از دیگری، از زیر نگاه سنگین خود عبور می‌دهد و خیره به ژوزف می‌ماند و با صدایی آرام، ولی پرجذبه می‌گوید: «وضعیت خطرناک است.» سکوت سنگینی حکم‌فرما می‌شود و سرما در روح اهالی ساختمان نفوذ می‌کند. قاضیِ رو به سرایدار ادامه می‌دهد. «ما دیگر نمی‌توانیم این وضعیت را تحمل کنیم. به نام عدالت و اختیاراتی که به من داده شده، به شما دستور می‌دهم که در این شرایط بحرانی مسئولیت ساختمان را به عهده بگیرید.» بعد رو به جمعیت می‌کند و با صدای ملایم‌تری ادامه می‌دهد: «چه کسی بهتر از این مرد می‌تواند آرامش همیشگی شما را که به آن عادت دارید برایتان فراهم کند؟ او نیازهای شما را بهتر از خودتان می‌داند و باوجودِ سن بالایش هنوز ظرفیت بالایی برای خدمت دارد. او خاطرهٔ زندهٔ ساختمان است. کسی که همین‌جا به دنیا آمده و بزرگ شده. همان‌طور که روزی پدرش به شما خدمت کرده، حالا هم اوست که از شما مراقبت می‌کند. او اینجاست که شما را در برابر این‌همه آشفتگی حفظ کند. آقای جرالد از یک بیماری لاعلاج رنج می‌برد، بیماری‌ای که به‌اشتباه باعث ایجاد ترس

شده بود. آقای اشتاین قربانی جدید این بدبختی‌ای شده که بر ساختمان شما فرود آمده است. در همین بین ارواح خبیث هم برای سوءاستفاده از این وضعیت، رعب و وحشت ایجاد کرده‌اند. محققان ما شب و روز در تلاش‌اند تا منشأ این درد مخرب را پیدا کنند. تا آن زمان از شما می‌خواهم که تسلیم ترس نشوید و عوامل توطئه را شناسایی و معرفی کنید. وظیفهٔ من این است که نظم را به این ساختمان برگردانم و هرگونه توطئه‌ای را خنثی کنم. همچنین اجرای دستورات مقامات، که سرایدار عزیز به شما ابلاغ می‌کند، ضروری و لازم‌الاجراست.»

صحبت‌های قاضی با تشویق گرم و خودجوش اهالی قطع می‌شود. سرایدار غرق در ستایشی که از او شده، سرانجام به لذتی نائل می‌شود که به پاس سال‌ها خدمتش، مدت‌ها بود انتظارش را می‌کشید. روبه‌روی قاضی سرِ تعظیم فرود می‌آورد و بعد رو به اهالی ساختمان. درحالی‌که گلوی خود را صاف می‌کند، با صدایی که انگار در یک سخنرانی رسمی قرار گرفته است، تشکر می‌کند و می‌گوید: «دوستان عزیز. بدبختی درِ خانهٔ ما را زده. وضعیت سلامتی آقای جرالد همهٔ ما را به‌شدت غمگین کرده است. فریادی که صبح بیست فوریه، دقیقاً ساعت پنج‌وبیست‌وپنج دقیقه، به‌طرز وحشتناکی از خواب بیدارمان کرد، ما را در رابطه‌ای جدید، در ساختمانی جدید و در زندگی‌ای جدید روبه‌روی هم قرار داد. همان‌طور که مسئول محترم امنیت عمومی اعلام کردند، ما باید هرگونه توطئه‌ای را خنثی کنیم. راستی و روشنی و صداقت شعار ماست و من بنابر وظیفه، هر یکشنبه صبح همین‌جا گزارش امور را به شما خواهم داد. در طول این مدت و طی این جلسات هفتگی شما را از آخرین اتفاق‌ها و تصمیم‌های تازهٔ کمیتهٔ بحران، که به‌زودی تشکیل خواهد شد، آگاه و دستورالعمل‌های لازم را اعلام خواهم کرد.

دوستان عزیزم، این فریادهایی که از اعماق می‌آیند، فریاد درد و

بیداری‌اند. بیایید پیام آن‌ها را درک کنیم و با هم آرامش و رفاه زندگی‌مان و ساختمان خود را بسازیم...»

قاضی حیرت‌زده از صحبت‌های منسجم سرایدار، و عصبانی از اقداماتی که بدون هماهنگی و مشورت با او اعلام می‌شود، به ستوه می‌آید و با تشویق محکمی پیشگویی‌های پیغمبرگونهٔ سرایدار را قطع می‌کند. اهالی که مجذوب حرف‌های او شده‌اند، اجازه می‌دهند که قاضی برای چند لحظه به‌تنهایی کف بزند و بعد به او می‌پیوندند تا شور و هیجان خود را به سرایدار نشان دهند.

فریاد دوم به‌طور جدی اهالی محله را نگران کرده است. اتفاق‌های ساختمان، آن‌ها را بی‌تفاوت نمی‌گذارد و باعث می‌شود خطری را که نزدیک شده احساس کنند. بی‌آنکه بخواهند، رفت‌وآمدها و خودنمایی مقامات را می‌بینند، و با اشاره به ساکنان ساختمان شمارهٔ یازده، با هم پچ‌پچ می‌کنند؛ از این می‌ترسند که شعله‌های آتش به خانه‌های آن‌ها هم سرایت کند. اسباب‌کشی مستأجران طبقهٔ چهارم به ساختمان شمارهٔ یازده مکرر، جابه‌جایی‌ای که قبل از این جریانات تصمیم گرفته شده بود، این ترس و وحشت را بیشتر می‌کند و شکی برایشان باقی نمی‌گذارد که باید کاری کنند.

هرگونه تلاشی هم از طرف سرایدار برای آرام کردن وضعیت و جداسازی این اسباب‌کشی از شرایط عمومی روزمرگی‌شان بی‌فایده است. برای خانم اشتاین این دو وضعیت جدایی‌ناپذیرند. اوضاع زمانی بدتر می‌شود که روزنامهٔ عصر، باز هم به قلم م.ش، دوباره به سریال تاریک «معمای خیابان پاسکال» می‌پردازد. در اینجا نیز مثل مقالهٔ اول، تمام جزئیات گزارش شده است. یک صفحهٔ کامل به زندگی در این محله، پس از اولین فریاد، اختصاص داده شده است. براساسِ نظرسنجی از ساکنان،

م.ش یک نقاشی دقیق و «درست» از «جهنمی که زندگی همشهریان ما را در خیابان پاسکال از زمان فریاد معروف آقای جرالد در بر گرفته» ترسیم می‌کند. دقت و موشکافی در نوشتهٔ م.ش به آن قدرتی فوق‌العاده می‌دهد، به طوری که ساکنان منطقه همه را تأیید می‌کنند. هرکس خود را در آن می‌بیند و دربارهٔ همسایه‌هایش می‌آموزد. م.ش می‌نویسد: «اگر مسئولان نظم عمومی کاری نکنند، فرار گستردهٔ ساکنان از این محله ترسناک است. زیرا اگرچه بحران از ساختمان شمارهٔ یازده شروع شده، اما امروز در دلِ تمام اهل این محله خانه کرده است.»

سرایدار به قاضی می‌گوید: «باید بسیج شویم. وضعیت روانی ساکنان در پایین‌ترین حد خود است. همه خود را قربانی بعدی فریاد می‌دانند. به گفتهٔ منابع من، برخی معتقدند که در این ساختمان ارواح شیطانی زندگی می‌کنند و به فکر ترک محله هستند. آن‌ها مقامات را به دروغگویی متهم کرده‌اند. به اخبار رسمی اعتمادی ندارند. ما باید قبل از غیرقابل‌کنترل شدن شرایط اقدام کنیم.»

صبح زود، دو فرستادهٔ سازمان خدمات ویژه بااحتیاط به اتاق نگهبانی می‌آیند. آن‌ها دستور محرمانه و قاطع قاضی را به‌طور جدی به سرایدار ابلاغ می‌کنند، مبنی بر منصرف کردن ساکنان از هر اسباب‌کشی جدید، همچنین جلوگیری از هرگونه درز اطلاعات، حتی با توسل به زور در صورت لزوم. قاضی برای سرایدار نوشته است: «خائنان باید به هر نحوی شناسایی شوند. هم به دوستان و هم به دشمنانتان شک کنید.» آن‌ها فهرست ساکنان را بررسی می‌کنند و با هم و طبق خواست قاضی تصمیم می‌گیرند که دستگاه‌های شنود قدرتمندی را در خانهٔ دکتر موریس و همچنین در خانهٔ محققان جوان نصب کنند. قاضی در پایان می‌گوید: «سخنرانی‌های پرشور و مکرر این مرد شیفتهٔ علم دربارهٔ ریشه‌های آسمانی فریادها درنهایت به خطری قریب‌الوقوع برای امنیت ساختمان

و محله تبدیل خواهد شد» و به این ترتیب به سرایدار نشان می‌دهد که مسئولان دراین‌باره به موفقیت او حساس هستند.

اولین صداهای ضبط‌شده چیز خاصی از محققان جوان نشان نمی‌دهد. همه‌چیز دربارهٔ مسائل و موارد پیش‌پاافتادهٔ روزمره و بی‌فایده و بی‌ارتباط با فریاد است، اما آن‌ها اغلب به دلایل نامعلوم و غیرقابل‌توجیهی با هم پچ‌پچ می‌کنند. این موضوع برای قاضی چالش‌برانگیز است، بااین‌حال، به استدلال سرایدار دربارهٔ مشکل اتاق‌های مجاور در طبقهٔ هشتم رضایت می‌دهد. سرایدار به او می‌گوید: «به‌مرور به سروصدایی که از آن‌سوی دیوار می‌آید حساس می‌شوید.»

اما صداهای ضبط‌شده در خانهٔ دکتر موریس، هرچند ناقص، به رأی عموم از اهمیت بالایی برخوردار است. این صداها نه‌تنها رابطهٔ خوب و خصوصی دکتر موریس با خانم جنرال را تأیید می‌کنند، بلکه به‌وضوح نشان می‌دهند که دکتر موریس به منشأ آسمانی فریاد وسواس عجیبی دارد. به نظر قاضی این افکار که در ملأعام گفته می‌شود، سخنان سبکِ پیرمردی مأیوس و سرخورده نیست. این افکار بذرهای تفکری پنهان را در خود دارند. نگرانی‌های بی‌اندازهٔ خانم جنرال هم بی‌شک سرچشمهٔ خود را در این جمله‌های تکراری پیدا می‌کنند.

از روزی که مقامات، ژوزف را مأمور نوشتن گزارش‌های روزمرهٔ ساکنان ساختمان کرده بودند و او هم پذیرفته بود؛ تمام وقتش صرف مشاهدهٔ تغییرات این بحران روی هر یک از همسایه‌ها شده بود. تغییرات شگفت‌انگیزند. تغییراتی که خود را در پیش‌پاافتاده‌ترین و بی‌اهمیت‌ترین رفتارها نشان می‌دهند. رفتارهایی که وابستگی هرکدامشان را به زندگی، توانایی‌شان برای سازگاری با هر وضعیت جدید و میل غریزی‌شان برای پناه بردن به گذشته را به‌وضوح نشان می‌دهد. ترس از حضور سرزدهٔ مقامات، کار را برای ژوزف سخت‌تر می‌کند. او در گزارش شمارهٔ چهار خود می‌نویسد: «بختکی که روی این ساختمان افتاده، چنان رنجی به ساکنان وارد کرده که به آن‌ها قدرت تحمل دردهای واردشده را هم می‌دهد. ترس همه را شبیه هم کرده، بدگمانی را آبیاری کرده و موجب شده است تا یکدیگر را لو دهند. آیا زندگیِ هر روز در این دنیای نامعلوم همان جنون متداولی نیست که پروفسور برنارد از آن صحبت می‌کند؟»

ژوزف می‌داند که اولین گزارش‌هایش برای مقامات رضایت‌بخش‌اند و از این بابت خوشحال است. او با دقتی مثال‌زدنی و با توجهی ویژه به

گذشتهٔ هر یک از همسایه‌ها، تحقیقات عینی خود را پیش می‌برد. هیچ‌چیز از نگاهش دور نمی‌ماند. ارتباطاتی که بین اهالی برقرار است، شادی‌ها و ترس‌ها، پیوندهای کوچکی که در مواجهه با خطرات مشترک بینشان شکل می‌گیرد یا دعاهای شبانه و مرموز خانم پی‌یر که باوجودِ تلاش‌های بسیار هنوز هم نتوانسته به رازشان پی ببرد. دعاهای صبحگاهی و ناله‌های پنهان در هق‌هق شبانه‌ای که شب‌های سپید او را پر می‌کند. ژوزف در همهٔ این‌ها غرق می‌شود. گاهی روی تختخوابش دراز می‌کشد، چشم‌هایش را می‌بندد و تسلیم آهنگ صدای ملایم و لطیف همسایه‌اش می‌شود. لطافتی که هر صبح با تبدیل این همسایهٔ دعاگوی شبانه به زنی سرد و پر از تنفر نسبت‌به سیمون ویدال، به خود خیانت می‌کرد. ریشهٔ رقابت بین این دو زن مورد توجه خاص ژوزف قرار می‌گیرد. آن‌ها را سرایدار در این ساختمان اسکان داده و هر دو از «دوستان» و همکارانش هستند. برای مدیریت مؤثر و بی‌نقص امور طبقهٔ هشتم، طبقه‌ای که از قدیم برای سرایدار در نظر گرفته شده، و برای جلوگیری از هرگونه مشکل همسایگی که در طبقات بالا بسیار رایج است، او به‌طرز ماهرانه‌ای به رقابت بین این دو جنگجو دامن می‌زند. دستگیری دو دانشجوی خارجی نتیجهٔ این سازمان‌دهی بی‌عیب و نقص بود. از آن پس جایگاه سرایدار نزد مقامات تثبیت شد و به او شخصیت کلیدی و مؤثری بخشید که برای مدیریت ساختمان ضروری است.

گزارش‌های پُروپیمان ژوزف ابعادی جدی به کارش می‌دهد. با اینکه ممکن است برخی از گزارش‌های او به زندگی همسایگانش آسیب برساند، اما غیر از این نمی‌تواند عمل کند. ژوزف آنچه را که می‌بیند می‌نویسد. با نگاه کردن به تصویر خمیدهٔ خودش بر کاغذهای روی میز، در آینه به خود می‌گوید: آن‌ها باید عواقب اعمال خود را بپذیرند. همه که، بنابر ادعای خانم پی‌یر، پاک و منزه نیستند، و خود او هم دیگر هیچ

توهمی دربارهٔ ماهیت انسان ندارد. ژوزف اطلاعات را منتقل می‌کند و از هرگونه تفسیر شخصی که به عینیت گزارش‌هایش آسیب برساند خودداری می‌کند. او مسئول چنین شرایطی نیست. در شرارت‌های بی‌فایدهٔ ساکنان و فریب‌کاری‌هایشان، لاس زدن برای جذب قاضی هیچ نقشی ندارد. باوجودِ این احساس می‌کند که با دیدن دائمی این‌همه حیله و شرارت و زشتی، خود او نیز در خطر تبدیل شدن به یک هیولا و ستمگر است.

مقامات با یک احضار غافلگیرکننده از ژوزف می‌خواهند که دربارهٔ «این وسوسهٔ زندگی بیمارگونه، اما طبیعی در انسان» توضیح دهد. اما در این احضاریه ژوزف صلاحیت نداشتن خود را برای چنین ادعایی می‌فهمد. اخطاری به او تا دیگر به حیطهٔ تخصصی متفکران بزرگی چون پروفسور برنارد قدم نگذارد.

ژوزف می‌داند که صبح‌ها با بزرگ‌ترین خطرها شروع می‌شوند. وقتی ساکنان از تهدیدات شبانه رها می‌شوند، خواستار نظم و امنیت‌اند. آن‌ها صادق‌اند. به‌راحتی و بی‌پرده درددل می‌کنند. ظهر اما شور صبحگاهی محو می‌شود و از بعدازظهر، اضطرابِ شب به کلمات فرومی‌ریزد. ژوزف اما شب‌ها می‌نویسد. ترسی که حاکم است نمی‌گذارد که از آن در گزارش‌هایش چیزی بنویسد. گزارش‌هایی که در آن شخصیت‌هایش هیچ احساسی را بروز نمی‌دهند. قاضی هم از این رویکرد خوشش می‌آید و فکر می‌کند که با این روش قضاوت دربارهٔ ساکنان راحت‌تر است.

ژوزف روی نقشهٔ ساختمان که کف اتاق، جلوی آینه، پهن می‌کند، نقشه‌ای که خود با دقت تمام کشیده است، به هرکدام از شخصیت‌هایش مانند شخصیتی در یک نمایشنامه می‌پردازد. آن‌ها را به بازگویی جمله‌هایشان وادار می‌کند و آن‌ها اعتراف‌هایشان را تکرار می‌کنند و ژوزف به همه‌شان گوش می‌دهد، و دوباره گوش می‌دهد و دیوانه‌وار با شادی بیمارگونه‌ای شروع به یادداشت‌برداری می‌کند. ادایشان را درمی‌آورد، صدایشان را تقلید می‌کند، پچ‌پچ می‌کند، می‌خندد و گریه می‌کند. در این لحظات او از خودبی‌خود می‌شود و همه‌چیز را فراموش می‌کند.

شهادت‌های شخصیت‌هایش را کنار هم قرار می‌دهد، مقایسه می‌کند، سرشار از لذتی که شاید بتواند گره یکی از اسرار پیچیدهٔ این شرایط را باز کند. در یکی از همین شب‌های خلسه، درحالی‌که مجذوب لرزش لبِ پایینی خانم جنرال بود و سعی می‌کرد، گفت‌وگوی او با خانم پی‌یر را بنویسد، ژوزف صدای پای زنی را در راهرو می‌شنود. ناخودآگاه گوش‌هایش را تیز می‌کند و نفسش را حبس. قدم‌ها برای لحظه‌ای پشت در می‌ایستند و بعد در راه‌پله دور و ناپدید می‌شوند. اضطراب غریبی ژوزف را در بر می‌گیرد. حضور یک زن در این ساعت از آخر شب به‌نظرش بیش‌ازحد عجیب و نادر می‌آید. ناگهان به ماری فکر می‌کند. او را فراموش نکرده، اما کارهای زیادی برای انجام دادن دارد. دیگر نمی‌خواهد به او فکر کند، می‌خواهد گذشته را فراموش و آن را دفن کند. حتی اگر از دومین فریاد به بعد، ورود و خروج در ساختمان، آن‌هم در این ساعت‌های پایانی تقریباً بعید باشد، باز هم نمی‌تواند به صدای قدم‌های ماری فکر نکند. قدم‌هایش را می‌شناسد. ماری در نمی‌زند، و او هم در را باز نمی‌کند. ژوزف فکر می‌کند که دوباره برمی‌گردد و در می‌زند، اما برنمی‌گردد.

همه‌چیز در ژوزف تغییر کرده است. او از نگاه خود در آینه فرار می‌کند. می‌ترسد و احساس تنهایی می‌کند. احساس خطر حبس شدن دائمی در خود. کسی را ندارد که به او اعتماد کند، فقط خودش را دارد، اما خودش را هم دیگر نمی‌شناسد. از حالتی که هنگام فریاد در اعماق وجودش احساس کرده بود دور شده است. از نوید دنیایی دیگر. نوری بود زودگذر و گریزان. نیرویی درونی او را از باز کردن در بازمی‌دارد؛ همان نیرویی که او را از بیان خود باز داشته بود؛ همانی که فریادش را خفه کرده بود، او را در سکوت فرو برده بود. به سکوت پناه برده بود، با این باور که این فریاد حامل پیامی برای اوست. فریاد از آنِ اوست، احساس می‌کرد وارث به‌حق این فریاد اوست، پیام‌آور این روشنایی دور. او نگرانی همسایه‌ها، حرکات پوچ

سرایدار و تناقض مقاماتی را که هرچه می‌گویند، در همان لحظه انکار می‌کنند؛ دورویی‌های محققان جوان و لذت شیطانی پروفسور برنارد که فریاد را بیان منحصربه‌فرد جنونی معمولی می‌داند، همه و همه را می‌بیند و دیگر نمی‌تواند بر گزارش‌های خود تمرکز داشته باشد. او گمشده و آشفته است. با گذر زمان گور خود را کنده و در آن تردیدها و ایمان و عشق و سرگذشت خود را دفن کرده. هیچ راه فراری برای خودش نگذاشته. جهنم عشق دوباره برگشته است.

این تغییر رفتار در ژوزف مقامات را نگران می‌کند. گزارش‌های او کم و بدکیفیت شده‌اند. دیگر کمتر در محوطه حاضر می‌شود. بین او و همسایه‌ها شکاف عمیقی افتاده است. اعتمادی که روزی بین آن‌ها ایجاد شده بود، جای خود را به یک بی‌اعتمادی بیمارگونه داده است. قاضی به ژوزف می‌گوید، هنوز زمان کافی برای جمع‌وجور کردن خود دارد. آزادی او در گرو احترام به قوانینِ قراردادی است که امضا کرده‌اند. به او می‌گوید: «هیچ راه بازگشتی در کار نیست.» و ژوزف می‌فهمد که دیگر آزاد نیست و اختیاری در سرنوشت خود ندارد. دلش برای ماری تنگ شده است. فکرش او را رها نمی‌کند. فکر می‌کند که خود خالق این نفرین است. این مصیبت وارد شده و حق با قاضی است. او، این حلقهٔ بی‌خطر، حالا به عنصری مشکوک تبدیل شده است که باید تحت نظر قرار بگیرد.

خشونت خانم اشتاین، نگرانی سرایدار دربارهٔ وضعیت روانی ساکنان را تأیید می‌کند. قدرت پنهانی‌ای که در جمله‌های نادرش دیده می‌شود، نه‌تنها دکتر موریس را شگفت‌زده نکرده است، بلکه در آن‌ها جنون مزمن ملایمی را هم می‌بیند. به گفتهٔ دکتر موریس این جنون ناشی از تمایل درونی به وسواسی بیهوده برای پاک کردن اثر زمان است. آقای اشتاین، تنها شاهد گذشته‌اش، دیگر اینجا نیست تا به‌صورت خستگی‌ناپذیری آنچه را که او می‌خواهد بشنود برایش تعریف کند. او تنها کسی بود که می‌دانست این همان زن جوانی است که در روز آشنایی‌شان وجود داشته. اوضاع سلامتی شوهرش او را در یک تنهایی عمیق فرو برده است. آقای اشتاین از آن بعدازظهری که صورت زنش را تار دیده بود، و برای آخرین تصویر، چشم‌هایش، نگاه پرنفوذ و نگرانش، دیگر اتاقش را ترک نکرده است. او بقیه را فراموش کرده و با اراده‌ای باورنکردنی هرچیزی را که مربوط به همسرش نیست ترک کرده است. همه‌چیز در زمان عقب می‌رود. در روزی متوقف می‌شود که آن‌ها یکدیگر را ملاقات کردند. سه‌شنبه‌ای است. هوا خوب است. آقای اشتاین آنجا منتظر نشسته است و خانم اشتاین کمی دیرتر می‌رسد. ترسیده بود که نیاید و می‌گوید انتظار طولانی است.

خانم اشتاین می‌خندد. به تصویر خود در آینه لبخند می‌زند. برمی‌گردد و شوهرش را نگاه می‌کند که روی تختخواب دراز کشیده و چشمانش بسته است. به او می‌گوید که لبخند می‌زند و آقای اشتاین هم لبخند می‌زند و بعد در سکوت با هم به کنار دریاچه می‌روند. ناگهان ابرها سیاه می‌شوند، و آسمان در تردید خود منفجر می‌شود. همدیگر را در آغوش می‌گیرند. خانم اشتاین هم دیگر از اتاق بیرون نمی‌آید و بعد از فریاد، نشسته به شوهرش زل زده است به امید چیزی، که دوباره صدایش برگردد، تا دوباره و دوباره ماجرای روز ملاقاتشان را برایش تعریف کند.

این داستان را دکتر موریس هم می‌داند. آقای اشتاین یک روز قبل از فریادش همه را برایش تعریف کرده بود. از ترسش گفته بود؛ ترس از تنها ماندن زنش. گفته بود که می‌خواهد برود. به دورها. دکتر موریس گفته بود که تمام تلاشش را می‌کند تا خانم اشتاین تنها نماند. اما آقای اشتاین چیز دیگری می‌خواست. دکتر هم می‌داند، اما وانمود می‌کند که نمی‌داند. دکتر می‌گوید: «آنچه خانم اشتاین می‌خواهد صدای شماست.» اما آقای اشتاین اصرار دارد که «او به بازگو شدن قصه‌اش نیاز دارد.» دکتر هم دیگر نه چیزی می‌گوید و نه قولی می‌دهد. همان شب نوبت فریاد آقای اشتاین است.

خانم اشتاین به خانه برمی‌گردد. می‌گوید بیرون سرد است و به گرمای صدایش نیاز دارد. به او نگاه می‌کند که کماکان روی تختخوابش دراز کشیده است، غایب. خانم اشتاین منتظر می‌ماند و امیدوار است که اتفاقی بیفتد، اما هیچ اتفاقی نمی‌افتد. لب‌هایش شروع به لرزیدن می‌کنند. صدای شوهرش از دهان خودش بیرون می‌آید تا از روز ملاقات بگوید: «سه‌شنبه است و هوا خوب است.» ناگهان در آینه به خود نگاه می‌کند. در رویارویی با تصویرش، زن روز ملاقات را می‌شناسد.

ژوزف در گزارش شمارهٔ هفت خود با دستی لرزان می‌نویسد: «اگر همه‌چیز از چشم خانم اشتاین دیده شود، حرف‌های زیادی برای گفتن وجود دارد.» خانم اشتاین او را به یاد ماری می‌اندازد؛ به یاد شادی او برای زیستن، به قدرت نگاهش، به ارادهٔ او «برای بودن» به همین سادگی. ماری درست می‌گفت. امروز ژوزف این را می‌فهمد. از وقتی که او دیگر کنارش نیست، هیولای ویرانی در درونش لانه کرده است و ترسِ مرگ تنش را آبیاری می‌کند. ژوزف هم مثل خانم اشتاین که جلوی چشمانش دارد خفه می‌شود، دارد خفه می‌شود، چسبیده به قصه‌اش. ژوزف در تراژدی به دنیا آمده و خندقی او را از دنیای واقعی، که همیشه از خواسته‌هایش کمتر بوده، جدا کرده است. او با پرهیز از محافظه‌کاری در هر روز از زندگی‌اش که می‌گذرد از احساس پیروزی در نبرد با دشمن خیالی رنج می‌بَرَد؛ دشمنی که پیروز نهایی است. پس زندگی معنایی را ندارد که او می‌خواهد به آن بدهد. آزادیْ توهم انسان‌های فانی است تا تصور یک پیروزی حتی نامطمئن بر سرنوشت را به خود بدهند. او با نگاه به خانم اشتاین فکر می‌کند که زندگی هرکس نوشته‌ای است فکرشده، تصمیم گرفته‌شده، به‌وسیلهٔ دست‌هایی نامرئی. همهٔ امیدها، شادی‌ها، غم و اندوه‌ها باتوجه‌به توانایی تسلیم هر فرد در برابر سرنوشت خود تعیین می‌شود. پس اصرار به رام کردن سرنوشت و تسلط بر آن معنایی ندارد. زمانْ زندانی است که از آنجا می‌توان احتضار دنیا را تماشا کرد و در تسلیم و درد به مرگ خود اندیشید.

ژوزف روزبه‌روز بیشتر در تنهایی فرومی‌رود. هرچه بیشتر به همسایه‌ها نگاه می‌کند، وحشت بیشتری را تجربه می‌کند و خود را قربانی همیشگی بدخواهی‌شان فرض می‌کند. ترسی که در هر مکان حاکم است، ماهیت بیهودهٔ صاحبانش را آشکار می‌کند. ترسْ غریزهٔ بقا را در آن‌ها بیدار کرده است تا وادارشان کند پشت ابتدایی‌ترین ترفندها پناه بگیرند. عادتِ به

خود دروغ گفتن، به مرگ رنگ‌وبوی شر داده است، جنبه‌های مثبت را از آن گرفته و در مقابل زندگی قرارش داده است. آن‌ها به‌زورِ تفریحات و فراموش‌کاری است که «هنوز» توهم زندگی دارند. صبح تا غروب با ناامیدی در خود می‌لولند، از پله‌ها بالا و پایین می‌روند، برای هم درددل می‌کنند بی‌آنکه حالشان بهتر شود. اعتراف می‌کنند، یا بی‌آنکه بروز دهند همگی در عذاب یک گناه جمعی زندگی می‌کنند و برای توجیه بی‌اعتمادی بی‌دلیلی که وجودشان را در بر گرفته است با خود تکرار می‌کنند، بختک روی ساختمانشان افتاده. سخنرانی‌های تکراری سرایدار هم ذهنشان را مسخ کرده و همه در برابر دردی که به آقای جرالد وارد شده، خود را مقصر و گناه‌کار می‌دانند. لو دادن‌ها بلافاصله با محاکمه‌های عمومی همراه می‌شود. دکتر موریس، خانم جنرال... هرکسی می‌تواند گزینهٔ بعدی در فهرست سرایدار باشد.

اولین مشاهده‌ها و گزارش‌های مفصل ژوزف به قاضی نشان می‌دهد که ساکنان سرشت بدِ پنهانی خود را بروز داده‌اند؛ آن‌ها استعداد هر نوع خشونتی را دارند و می‌توانند بزرگ‌ترین جنایت‌ها را مرتکب شوند. آن‌ها در پیشگاه عدالت قاتلانی بالقوه‌اند که هیچ راه برگشتی ندارند.

سیمون ویدال که این تغییرات عمیق در خانم اشتاین را نتوانسته بود حدس بزند می‌گوید: «قطعاً فریاد شوهرش او را برای همیشه دگرگون کرده است.» او که در سخنرانی روز یکشنبهٔ سرایدار مورد انتقاد شدید قرار گرفت، خواستار خارج کردن این دو پیکر بی‌حرکت قربانیان فریاد از ساختمان شد و گفت: «زمان آن رسیده که علم، به رمز و راز این فریادهای مبهم نفوذ کند.» این خواسته باعث می‌شود که خانم اشتاین هرچه بیشتر در ترس جدایی حتمی از شوهرش فرورود.

وضعیت سلامتی خانم اشتاین بر ژوزف تأثیر به‌خصوصی می‌گذارد. «حقیقت را باید گفت.» ژوزف دائم دارد به این موضوع فکر می‌کند، درحالی‌که ساختمان هرچه بیشتر در تاریکی مطلق فرومی‌رود. این احساس، قاضی را بی‌تفاوت نمی‌گذارد و خطر هرگونه انحراف را به او گوشزد می‌کند. «عینیت گزارش‌های شما مشروط به بی‌طرفی و فاصلهٔ مناسب با ساکنان است. هر نگاه دیگری به اعتمادی که بین ماست آسیب می‌رساند.»

باید همه‌چیز را از نو مرور کند. چیزی از دستش در رفته است. چیز

مهمی که نخواسته بود ببیند. چشم‌هایش را بسته بود. اینک به خودش اعتراف کردن مشکل خواهد بود، غیرقابل‌تحمل. دیگر نمی‌تواند سکوت کند، شاهد تجزیهٔ کُند روحش باشد. بایستی حقیقت گفته شود، تنها حقیقت، حقیقت خودش. خیلی سخت خواهد بود، بی‌رحم؛ بایستی با خود بی‌رحم باشد. شب‌ها طولانی خواهد بود، بی‌خواب و سپید، وحشتناک. زندانی بدون نور. همه‌چیز در سیاهی خواهد گذشت. از آن طرف دیوار فریاد را می‌شنوی؟ آن‌ها ماری را از تو خواهند گرفت. برای همیشه تو را از دیدنش محروم خواهند کرد. ژوزف دیگر نمی‌تواند در دروغ زندگی کند؛ بدون ماری. ماری اینجا نیست، هرگز دیگر نمی‌آید.

فریاد. او به ماری قول داده بود چیزی نگوید، سکوت کند. این قول دیگر معنایی ندارد. «تو همیشه با دروغ زندگی کرده‌ای؛ هنوز هم می‌توانی با دروغ زندگی کنی.» باید همه‌چیز روشن شود، از تاریکی بیرون بیایی. امید طبیعی به یک بازگشت را همیشه رد کرده‌ای. حتی امروز نیز آن را رد می‌کنی. در آینه نگاه کن. خودت را می‌شناسی؟

از اینکه به یک بازی بزرگ فکر کرده بود، بر لب‌های ژوزف لبخند تلخی نقش می‌بندد. او برای فراموش کردن ماری هر کاری کرده بود. خود را در بازی گزارش‌نویسی غرق کرده، شب‌هایش را در مأموریتی پوچ و بی‌اهمیت گذرانده بود، اما هیچ‌کدام نتوانسته بود حسی را از بین ببرد که به ماری داشت؛ رنج این جدایی را تسکین دهد. سعی کرده بود او را از حافظه‌اش بیرون کند، به چیز دیگری فکر کند و بدون او زندگی جدیدی بسازد، اما غیاب ماری به‌سرعت، زندگی پرفرازونشیبش را به تاریکی و خشونت کشانده بود. حالا ژوزف در غباری خاکستری سرگردان است، معنای زندگی خود را از دست داده و فقط تمنای ماری است که هنوز او را به روزها و شب‌ها پیوند می‌دهد. ماری اینجاست، هر لحظه و در هر گوشه از افکارش. هر کاری کرده بود تا لبخندها، گریه‌ها و عطرش را از ذهن

خود پاک کند. اما چند ثانیه از نگاه زودگذر خانم اشتاین، این زن رنجور، کافی بود تا همه‌چیز فروبریزد و بنای تصنعی‌ای که در ذهنش ساخته بود ویران شود. خانم اشتاین چه کار دیگری می‌تواند بکند؟

غباری کورکننده ذهنش را فرا گرفته، همه‌چیز تار و نامحسوس است، مانند زنِ روز ملاقات با آقای اشتاین. زمان گذشته و هیچ‌چیز تغییر نکرده. همه‌چیز دست‌نخورده باقی مانده است. ژوزف به صبح بیستم فوریه‌ای که گذشته فکر می‌کند و با صدای ملایمی تکرار می‌کند: «چه سرنوشتی.» دیگر هیچ‌چیز شبیه هیچ‌چیز نیست. انگار همه‌چیز یک‌بار دیگر به او تحمیل شده است. خود را میان دنیایی آشفته می‌یابد؛ از این آدم‌ها هیچ‌چیز نمی‌داند، هیچ‌کس را نمی‌شناسد، و همان‌طور که دیگران وجودش را نادیده می‌گیرند، او هم سرگذشت آن‌ها را نمی‌بیند. هیچ‌چیز او را به این ساختمان وصل نمی‌کند به‌جز همین اتاق نه‌متری که در آن همه‌چیز ساکن است و از خشونت بیرون به آن پناه برده است. آنجا که در خفگی به تماشای ازدست‌رفتن زندگی‌اش نشسته است. دیگر هیچ انتظاری ندارد. همچون زنده‌به‌گوری که تسلیم زندگی شده، عذاب‌های امید را ترک کرده است و آگاه به ناتوانی‌اش از بازگشت به دنیایی که او را طرد کرده و او نیز آن را ترک کرده است. ژوزف همان دریانوردی است که ستاره‌اش را از دست داده و می‌داند که غرق شدنش حتمی است.

نشریهٔ علمی بسیار معتبر وزارت بهداشت برای اولین‌بار به‌طور جدی به خطر «غیرعلمی» همه‌گیر بودن فریاد در خیابان پاسکال می‌پردازد. این نشریه گزارش می‌دهد که «هر دو فریاد ماهیت یکسانی دارند و هیچ تفاوتی بینشان نیست. نظرسنجی انجام‌شده از طرف محققان جوان ما در میان جمعیت آسیب‌دیده نگران‌کننده است. سیاستی که سازمان نظم عمومی دراین‌باره پیش گرفته ناکارآمد است. وقت آن است که به این رویکردهای کهنه پایان دهیم. هر شهروندی حق دارد که دربارهٔ فریاد بپرسد و بداند. خاموش کردن صداهای مخالف به اعتماد جمعی آسیب می‌رساند و عینیت علم و دانش را به خطر می‌اندازد. به‌نظر می‌رسد که بستن محله، خشونت خفته در هر یک از ساکنان را بیدار کرده است. همدیگر را لو می‌دهند و محکومان را با لذت مجازات می‌کنند، اما هنوز همه‌چیز از دست نرفته است.»

سرایدار عصبانی است. توانایی‌اش از سوی مقامات زیر سؤال رفته، روشش بی‌تأثیر قلمداد شده است. سخنرانی یکشنبه‌اش با خشونت عجیبی همراه است. او هیچ کنترلی بر خود ندارد و انگار مرد دیگری شده است. می‌لرزد، داد می‌زند، بدنش انحنای خود را از دست داده، صاف شده است، نگاه بُراقش نفوذ می‌کند. او علم و دانش و این خائنان، دکتر

موریس و محققان جوانش، را زیر سؤال می‌برد. با انگشت به آن‌ها اشاره می‌کند. باید انتخاب کنند. اینجا یا هرجای دیگری مورد پیگیری قرار خواهند گرفت. محاکمه، قضاوت و مجازات خواهند شد. دوران لطف و محبت به پایان رسیده است. آن‌ها هم طعم نظم و قانون را خواهند چشید.

ژوزف در واکنش به صحبت‌های سرایدار در پیامی استثنایی می‌نویسد: «تهدید نشانهٔ پریشانی است.» او حتی می‌پرسد که آیا «مسئولان نباید اظهارات مجلهٔ علمی را جدی بگیرند؟ بدون آتش دودی وجود ندارد.» و به خود می‌گوید که قاضی نه‌تنها از این ابتکار قدردانی نخواهد کرد، بلکه او را احضار خواهد کرد، و قاضی او را احضار می‌کند.

اما قاضی از پیام ژوزف خوشحال است و لبخند هم می‌زند. حتی او را تشویق هم می‌کند و می‌گوید که به راهش ادامه دهد. پیام شتاب‌زدهٔ او بازتاب واکنش‌ها و فرمان‌برداری ساکنان است. اجازه می‌دهد تأثیرات صحبت‌های سرایدار اندازه گرفته شود. از او می‌خواهد که هوشیار باشد. «ما به آدم‌های بی‌شیله‌پیله‌ای مثل شما نیاز داریم.» این‌بار هم ژوزف نمی‌داند چطور حرف قاضی را درک کند. سردرگم است. این‌بار هم لبخند قاضی، خود را تحمیل می‌کند.

انتقال پیکرهای نیمه‌جان آقای جرالد و آقای اشتاین به درخواست سیمون ویدال و باوجودِ ضجه‌های دل‌خراش خانم اشتاین که به پیکر شوهرش چسبیده است، به عذاب‌های ژوزف پایان می‌دهد. ژوزف فکر می‌کند که هیچ‌چیز نمی‌تواند آن‌ها را متوقف کند. به خودش در آینه نگاه می‌کند؛ از روی صندلی، تصویر خودش را تار می‌بیند. سعی می‌کند به جلو حرکت کند و صندلی را به جلو بکشاند، اما غیرممکن است. پس روی زمین دراز می‌کشد و روی شکمش می‌خزد. به آینه نزدیک‌تر می‌شود، اما تصویرش هنوز تار است. سرش گیج می‌رود. اتاق می‌چرخد. تندتر و تندتر. سرگیجه. چشم‌هایش را می‌بندد. ماری.

قاضی با عصبانیت به دکتر موریس خیره شده است و فریاد می‌زند: «وقتی با شما حرف می‌زنم به چشم‌های من نگاه کنید. این تبهکاران‌اند که نگاهشان را می‌دزدند. شما را به شهادت دادن در این جلسهٔ مهم دعوت کرده‌ام. سوگند یاد کنید که حقیقت را بگویید و چیزی جز حقیقت به زبان نیاورید. چیزی که می‌گویید اهمیت بسیار زیادی دارد. شما موظف‌اید که با مقامات همکاری کنید.»

قاضی یک‌نفس حرف می‌زند و صدایش در فضا می‌پیچد. دکتر موریس اما مات و مبهوت فقط می‌لرزد و چشم از زمین برنمی‌دارد. صداهای ضبط‌شده در خانهٔ خانم جنرال شک و تردید مقامات را دربارهٔ خیانت او به رازداری، که حرفه‌اش بر او تحمیل می‌کند، تأیید می‌کند. نحوهٔ صحبت قاضی نشان‌دهندهٔ قدرتی است که نهاد قضاوت به او داده است. دکتر موریس خسته است و با اینکه برایش ممکن نیست، اما سعی می‌کند به چشم قاضی نگاه کند. نمی‌تواند. پس به همسایه‌هایش نگاه می‌کند. همه تحت تأثیر قرار گرفته و به زمین خیره شده‌اند. کلماتِ «سخت»، «سنگین»، «مسئولیت»، «مقامات»، «عدالت»، ترس را بر پیکر خانم جنرال مستولی کرده است. دکتر موریس درنهایت با صدایی

گنگ و خفه زمزمه می‌کند: «دردی که آقای جرالد از آن می‌نالید، هیچ شباهتی به دردهای دیگر نداشت.» سکوت همه‌جا را فرامی‌گیرد، و همه در انتظار، به حرکت لب‌های دکتر موریس خیره شده‌اند. قاضی با خیال راحت که توانسته است او را وادار به صحبت کند، با تحکم از سرایدار می‌خواهد که ابعاد این ماجرای بی‌اهمیت را روشن کند. او درحالی‌که با نگاهی تهدیدآمیز، اما همچون یک همدست به او می‌نگرد می‌گوید: «به‌اندازهٔ کافی خوش گذرانده‌اید. زنگ تفریح تمام شده.»

درحالی‌که قاضی فقط به پایان دادن به این مراسم غیرعادی فکر می‌کند، دکتر موریس برخلاف انتظار، یک‌باره با صدایی پرشور و اشتیاق می‌گوید: «دوستان عزیزم! این فریاد، فریادِ درد نیست. فریاد بیداری است که از دورها و دورترها می‌آید. برای ما و برای علم، زمان می‌برد که آن را درک کنیم و ماهیتش را بشناسیم. آقای جرالد در سکوتی ابدی فرو رفته است. او رفته اما ما را تنها نگذاشته. او ما را به یاد خواهد آورد. چه کسی می‌تواند خاطرات این سال‌های مشترک زندگی را پاک کند؟ و آقای اشتاین، دوست همیشگی‌اش، در این فریاد به او ملحق شد. آرزوی بزرگ من این است که به آن‌ها بپیوندم. آقای قاضی می‌گوید که بختک روی این ساختمان افتاده، و ما در بدبختی هستیم. او مرا به سکوت متهم می‌کند، به اینکه می‌خواهم در این فریاد معنایی ماورایی پیدا کنم، در جایی دیگر، در دنیایی دیگر. این فریاد، شر نیست، آزمون است. ما انتخاب شده‌ایم که آن را زندگی کنیم. ترس ما از ندانستن ماست، از بدفهمی‌مان. دوستان عزیزم! افسوس بزرگ من این است که هیچ رد محسوسی از این فریاد نیست. ما باید شهادت بدهیم. وحشت نکنید. علم باید به عمق طبیعت این فریاد پی ببرد.»

قاضی با شک و تردید به دکتر موریسِ مسخ‌شده می‌نگرد، و نگاه پرسشگرانهٔ خود را به سرایدار می‌اندازد که او هم با چشمانی باز به دکتر

خیره شده است. بازجوییْ دکتر موریس را زیرورو کرده است. اوضاع به‌هم می‌ریزد. ناگهان خانم اشتاین غرشی می‌کند. با حرکتی خلسه‌وار دست‌هایش را در دو سوی بدنش دراز می‌کند و در وسط مجلس شروع به چرخیدن و رقصیدن می‌کند. دکتر موریس مجذوبِ صحنه، مثل کسی که غایب است، ادامه می‌دهد: «این فریاد حامل پیامی است. نترسید! ما باید متحد شویم.» سرایدار به‌سرعت و با انرژی دکتر موریس را تشویق می‌کند و قاضی هم به‌دنبالش. سکوت برقرار می‌شود. هیچ‌کس دکتر موریس و خانم اشتاین جدید را نمی‌شناسد. دکتر موریس که با فریاد قاضی از خواب و رؤیاهایش بیرون می‌آید؛ درحالی‌که از شدت احساسات به خود می‌لرزد، به‌سمت راه‌پله می‌رود. دستش را به نرده‌ها می‌گیرد و به‌همراه تشویق ناگهانی ساکنان، مانند یک قهرمان از پله‌ها بالا می‌رود.

رفتار قاضی، ژوزف را عمیقاً دگرگون می‌کند. هیچ شکی برایش باقی نمی‌ماند که قاضی مصمم است تا هر فکر «مخربی» را خفه کند. ژوزف اما دیگر نه می‌خوابد و نه می‌نویسد، به معنای واقعی فلج شده است. منتظر می‌ماند بی‌هیچ انتظاری و می‌داند که احضار خواهد شد. خود را تهی از هر قدرتی می‌بیند، تهی از هر ترسی. از تختخواب به صندلی و از صندلی به تختخواب جابه‌جا می‌شود. دوباره چیزی نامحسوس مانع ادامهٔ انجام وظیفه‌اش در این دنیای پوچ شده است.

دکتر موریس دیگر از خانه بیرون نمی‌آید؛ به کتاب‌هایش پناه برده است. دلسوزی همسایه‌ها پس از تحقیر علنی‌اش، با امتناع او از هرگونه ملاقات، به نگرانی تبدیل شده است. برخی گوشه‌نشینی او را درک می‌کنند، اما برخی دیگر مانند خانم جنرال آشکارا از او انتقاد می‌کنند. او خودخواهی دکتر موریس را محکوم می‌کند، از اینکه به رنج دیگران بی‌تفاوت است.

ژوزف هم مانند دکتر موریس به اتاقش پناه می‌برد. روزها و شب‌ها می‌گذرند و خستگی مستولی می‌شود. او حتی احضاریهٔ قاضی را هم رد می‌کند. خانم پی‌یر که برای ابلاغ احضاریه به‌دنبالش آمده بود، نگاه

عجیبی به او کرده بود و بی‌آنکه کلمه‌ای بگوید برگشته بود. با دیدن ژوزف حالت صورتش تغییر کرده بود. ژوزف خود را در آینه نگاه می‌کند و رد زمان را روی صورت و دستش می‌بیند. دست خود را لای موها می‌برد، بعضی سفید شده‌اند. روی شکم دراز می‌کشد، به‌سوی آینه می‌خزد تا از نزدیک خودش را ببیند. به خود خیره می‌شود. همه‌چیز تار می‌شود. دو مورچه روی آینه مگس مرده‌ای را می‌برند. مگس هنوز نمرده است و بال‌هایش را تکان می‌دهد. مورچه‌ها اما رهایش نمی‌کنند. با هم سقوط می‌کنند. ژوزف به زمین نگاه می‌کند، چیزی نمی‌بیند. به‌دنبالشان به عقب برمی‌گردد، اما باز هم هیچ. آن‌ها اما از پشت آینه دوباره برمی‌گردند، حالا سه مورچه هستند که از آینه بالا می‌روند و مگس هم دیگر هیچ حرکتی ندارد. ژوزف انگشتش را نزدیک می‌برد تا لمسشان کند. هیچ‌چیز نیست. به‌سمت دیوار برمی‌گردد، اما آنجا هم چیزی نیست. دوباره برمی‌گردد، مگس را می‌بیند که مقاومت می‌کند، بال‌بال می‌زند، و دوباره همه از عقب می‌افتند و پشت آینه ناپدید می‌شوند. باز هم به آینه نگاه می‌کند. این‌بار مورچه‌ها چهارتا هستند، مگس هنوز بی‌حرکت است. مگس سیاه است با چشمانی سبز. همه به‌طرف بالای آینه می‌روند. یک مورچه او را از جلو می‌کشد. دوتای دیگر بال‌هایش را گرفته‌اند و دیگری پاهایش را نگه داشته است. مگس بال‌هایش را تکان می‌دهد، اما هیچ. مورچه‌ها تعادلشان را از دست می‌دهند، اما نمی‌افتند. دور نیستند، چیزی نمانده به قله و به بالای آینه برسند. ناگهان مگس در حرکتی غیرمنتظره و با نیرویی در آخرین نفس‌هایش بال‌ها را تکان می‌دهد، مورچه‌ها از بال‌هایش آویزان می‌شوند، اما نمی‌افتند. بال‌ها را رها نمی‌کنند و دوباره و دوباره تا اینکه سرانجام همه با هم می‌افتند. ژوزف صدای سقوطشان را می‌شنود. گوش‌هایش را می‌گیرد، اما نمی‌تواند نگاهش را بردارد. آن‌ها دوباره برمی‌گردند و این‌بار یک توپ تشکیل داده‌اند. نمی‌تواند مورچه‌ها را بشمارد. مگس در میانشان

پنهان است و دیگر مقاومتی هم نمی‌کند. آن‌ها بالا می‌روند و آن‌طرف دیوار، پشت آینه ناپدید می‌شوند. خلأ. ژوزف با ترس به عقب می‌رود. چشم‌هایش را می‌پوشاند، اما نمی‌بندد. خانم پی‌یر نیایش و گریه می‌کند. گوش‌هایش را می‌گیرد و به آینه خیره می‌شود و دیگر هیچ.

ژوزف به مگس فکر می‌کند. فکرش راحتش نمی‌گذارد. او را در آن‌سوی آینه تصور می‌کند، مرده. به ساعتش نگاه می‌کند؛ پنج‌وبیست‌وپنج دقیقه است. ساعتِ فریاد. همان ساعتی که ماری را ترک کرده بود. همان ساعتی که برای آخرین‌بار دیده بودش. بیستم فوریه. دقیقاً یک سال پیش چنین روزی. ماری آرام خوابیده. بدن در بدن در آمیخته. ماری دوست دارد او را در آغوش بگیرد. می‌گوید از اینکه ژوزف شبانه برود می‌ترسد، و ژوزف در صبح زود همان شب ناپدید می‌شود. مثل همین مگسی که الآن برای همیشه ناپدید شد. ژوزف دیگر هیچ‌وقت آن را نخواهد دید. فقدان امید را دفن می‌کند. ماری به زمان نیاز دارد تا انتقام خود را بگیرد، ذره‌ذره، و به هر قیمتی تا پای مرگ، تا پای جنون این کار را خواهد کرد.

ژوزف دارد فرومی‌رود. مورچه‌ها اینجا هستند، در اتاقش، روی دیوارها، و در آینه. صدایشان را می‌شنود. صدای پنجه‌هایشان در راهرو، زیر در که می‌لغزند. پچ‌پچ که می‌کنند. آن‌ها از او می‌گویند و ژوزف هم می‌داند.

ژوزف کسی نیست. حتی در این اتاق نه‌متری هم کسی نیست. بلند می‌شود آینه را تمیز می‌کند و روی صندلی می‌نشیند. بلند می‌شود پنجره را باز می‌کند و می‌بندد. بلند می‌شود و به پشت میزش می‌رود و سعی می‌کند چیزی بنویسد. گزارش شمارهٔ... شماره‌ها را فراموش کرده است. زندگی طولانی خواهد بود، انتظار هم. او می‌نویسد: «مگس مرد.» صداهایی از راهرو می‌شنود، اما برنمی‌گردد. بلند می‌شود. گوشش را به در می‌چسباند. این‌بار سرایدار است، با خانم پی‌یر و سیمون ویدال. آن‌ها به‌دنبال محققان

جوان آمده‌اند. خانم جنرال از درد ستون فقراتش می‌نالد. دکتر موریس نمی‌خواهد او را ببیند و سرایدار می‌گوید: «خائن!»

ژوزف به پشت میزش برمی‌گردد. گزارشِ «مگس مرد» را پاره می‌کند. به حروف پاره‌پارهٔ آن نگاه می‌کند که از هم جدا افتاده‌اند. م، گ، ف، س، م، ر، د. این حروف دیگر نمی‌خواهند، نمی‌توانند چیزی بگویند. مفهوم خود را از دست داده‌اند. از نو شروع می‌کند، دوباره می‌نویسد، بزرگ‌تر، حتی خیلی بزرگ. انگار روی سنگ قبر می‌نویسد: «مگس در شب بیستم فوریه، ساعت پنج‌وبیست‌وپنج دقیقهٔ صبح مرد.» برگه را روی آینه می‌چسباند. ژوزف خوشحال است، شاد.

فردای آن روز همه از مگس حرف می‌زنند، از مرگش. سیمون ویدال می‌گوید: «باید ضدعفونی کنیم.» پروفسور برنارد اما ساکت است. او به مفهوم پنهان حرف «ف» فکر می‌کند. قاضی احساس خطر کرده است و از خرابکاری می‌گوید. خانم اشتاین رقص مگس می‌کند و دکتر موریس خشم خدایان را در او می‌بیند. خانم پی‌یر فریاد می‌زند: «لعنتی، طاعون.» سرایدار اما در جملهٔ «مگس مرد » فقط مرگ یک مگس را می‌بیند.

در تیتر روزنامهٔ عصر می‌آید: «مگس مرد.» اولین نشانه‌های مقاومت در میان ساکنان خیابان پاسکال؟

م.ش شادی پنهانی را که از زمان دریافت اولین «شب‌نامه» در میان ساکنان محله احساس می‌شود، به‌دقت توصیف می‌کند. او خطاب به مسئولان می‌گوید: «ساکنان در انتظار شب‌نامه‌های بیشتری هستند. آیا تخریبِ برنامه‌ریزی‌شدهٔ دکتر موریس در برابر جمعیتی که از طریق سرکوبی هدفمند فرسوده شده‌اند، می‌تواند خط قرمز تسلیمی فریبنده باشد؟ شهروندان ما حق دارند بدانند. آن‌ها خواستار عذرخواهی عمومی

قاضی و بازگشت فوری دکتر موریس به جامعه هستند.»

نیمه‌های شب، ژوزف صدای خراشی را روی درِ اتاقش می‌شنود. گوش‌هایش را تیز می‌کند. بله درِ اتاق اوست. او از زمان آمدن قاضی و گوشه‌گیری دکتر موریس بیرون نرفته است. منتظر کسی هم نیست. صدای پچ‌پچ می‌آید. دو محقق جوان‌اند. ژوزف برخلاف میلش در را باز می‌کند. هر دو با عجله وارد اتاق می‌شوند. سه نفری وسط اتاق می‌ایستند و برای چند لحظه در سکوت به هم نگاه می‌کنند؛ سپس اتاق را ترک می‌کنند. ژوزف تنها می‌ماند و در سکوت، در آینه به خود لبخند می‌زند.

در ماجرای فریاد دکتر موریس متهم کردن مقامات سخت و حتی تا اندازه‌ای غیرمسئولانه است. اگرچه از نظر بعضی افراد توهین و تحقیر او در ملأعام، دلیل اصلی این فریادش است، اما باتوجه‌به صداهای ضبط‌شده به‌نظر می‌رسد که او از زمان قرنطینهٔ خودخواستهٔ خود تا به امروز هیچ‌گاه تا این اندازه خودش نبوده است. بااین‌حال، این فریاد سوم، وضعیت نامطمئن ژوزف را پیچیده‌تر می‌کند. ساکنان که از پی‌درپی بودن رویدادها خسته شده‌اند، با اشتیاق کمتری درددل می‌کنند و از سرِ تسلیم به آشفتگی و تلاطم دنیای علم نگاه می‌کنند. جنگی در گرفته است. مرکز تحقیقات علوم، وضعیت غیرقابل‌قبولی را که مقامات بر بدنهٔ علم و دانش وارد کرده‌اند به چالش کشیده است. «سازمان امنیت نظم عمومی به سلاحی در برابر هرگونه مداخله تبدیل شده است و پژوهشگران جوان ما قربانی این سیاست پوچ‌اند.» همچنین مجلهٔ مرکز تحقیقات می‌نویسد: «از تحقیر عمومی دکتر موریس متعجب و مبهوت است.»

فریاد سوم، پروفسور برنارد را از سکوت بیرون می‌آورد. او پس از گوش دادن به صدای ضبط‌شدهٔ فریاد دکتر موریس که در مقابل مجمع محدود کارشناسان علمی و رهبران سیاسی وزارت اطلاعات پخش شد، قصد

خود را برای تمرکز بر این رویداد منحصربه‌فرد اعلام می‌کند و می‌گوید: «این راز همچنان باقی است.»

اگرچه ساکنان در قبال این اطلاعیه بی‌تفاوت‌اند، اما گفتمان مقامات به‌طور قابل‌توجهی تقویت می‌شود. این حضور پروفسور برنارد به‌شدت ژوزف را به فکر فرومی‌برد. تأثیر او را بر قاضی می‌داند و از این بابت احساس خطر می‌کند. آقای جرالد یک روز به او گفته بود که «باید مراقب این مرد، یعنی پروفسور، باشید. علم او از قانون و تفسیرهایش از آن وحشتناک است.»

ساکنان آسیب‌پذیرتر از همیشه، به سرایدار چشم امید بسته‌اند. «خیلی وقت است که او را می‌شناسیم.» این را خانم جنرال در روایتش از فریاد دکتر موریس که تیتر بزرگ صفحهٔ اول روزنامهٔ عصر شده در گفت‌وگو با م.ش گفته است. این اولین‌بار است که شهروندان حق دارند از شهادت مستقیم یکی از قربانیان خیابان پاسکال مطلع شوند.

او در ادامه توضیح می‌دهد: «پیش از آنکه زنگ ساعت پنج‌ونیم به صدا درآید، بیدار بودم. هر روز خدا، از آن روزی که در این ساختمان زندگی می‌کنم، صبح پیش از آنکه زنگ ساعت به صدا دربیاید از خواب بیدار می‌شوم. باید، (گریه می‌کند)، اعتراف کنم که استثنائاً آن روز صبح خود را در انتظار شیرین زنگ ساعت پنج‌ونیم رها کردم. انگار نیروی عجیبی مرا به تختخواب چسبانده بود و مانع از ترک گرمای شبش در آن سرمای زمستانی می‌شد. بااین‌همه نیروی فریادش که نه حیوانی بود نه انسانی، مرا از تختخواب پراند و به ستون فقراتم که قبلاً به‌دلیل کهولت و پیری زیاد ضعیف شده است، چنان ضربه‌ای وارد شد که از آن به بعد، نمی‌توانم صاف بایستم. رنج‌آور است. او دیگر نیست که دردم را تسکین دهد.» (گریه می‌کند) و بعد درحالی‌که لبخند می‌زند می‌گوید: «آن‌قدر خوب همدیگر را می‌شناختیم. همهٔ دردهای ستون فقراتم را می‌شناخت و شکل

کج‌ومعوجش متعجبش می‌کرد. آخه، من s کوچولوی دوست‌داشتنی‌اش بودم.»

خانم جنرال که تحت تأثیر داستان خودش قرار گرفته، به عکس روی روزنامه نگاه می‌کند. لبخند می‌زند و از سرایدار برای انتخابش تشکر می‌کند. او هم در جواب می‌گوید: «این عکس موردعلاقهٔ من است.» خانم جنرال سرخ می‌شود. او در عکس، با دامنی سبک و گل‌دار و موهایی رهاشده در مزرعه‌ای از گندم، خیلی جوان است. نمی‌پرسد که عکس را از کجا گیر آورده است. سرایدار می‌گوید، برای دکتر موریس ناراحت است و خانم جواب می‌دهد: «اتفاقی است که افتاده.»

این مقاله حال و هوای محله را عوض می‌کند و اهالی را از انزوا بیرون می‌آورد. آن‌ها کم‌کم احترام مقامات به خود را می‌بینند. خانم جنرال با اشتیاق از سرگذشت پنهان خود با دکتر موریس، شب‌های بی‌خوابی، خوشی‌ها و همچنین رنج‌هایش صحبت می‌کند. ژوزف در گزارش شمارهٔ بیست‌وهفت خود می‌نویسد: «او استعداد قصه گفتن دارد.» این رویداد امیدهای جدیدی در میان ساکنان به‌وجود آورده است. عکس خانم جنرال زمان را برایش به عقب می‌برد و فریادها را فراموش می‌کند.

سرایدار ترتیب شب‌های قصه‌گویی را می‌دهد. او می‌تواند از قاضی برای برگزاری قصه‌های عاشقانهٔ خانم جنرال در محل جلسه‌های روزهای یکشنبه مجوز بگیرد. قاضی هم در ابتدا تمایلی نداشت، اما پس از مشورت با پروفسور برنارد موافقت کرد. پروفسور این ایده را ابتکار مثبتی دانست و به قاضی گفت: «در شرایط ناآرام باید سوژه‌ها را از حقیقت دور و افکارشان را از چیزهایی که به آن‌ها مربوط نیست منحرف کرد.»

خانم اشتاین اول از همه می‌رسد و رو به جایگاه سخنرانی می‌نشیند. او هر شب قصهٔ خود را دوباره زندگی می‌کند. در آینهٔ کوچکی که همراهش است، به خود نگاه می‌کند، می‌خندد، گریه می‌کند. انگار جای دیگری

است. سرایدار همه‌چیز را از نزدیک زیر نظر دارد. خانم جنرال به زن جوانی تبدیل شده است که در عکس می‌بیند. این رفتار از چشم سیمون ویدال و خانم پی‌یر دور نمی‌ماند و این دو دشمن دیرینه با در نظر گرفتن او در جایگاه دشمن جدید، با هم متحد می‌شوند. نشانه‌های زندگی دوباره به ساختمان برمی‌گردد. پروفسور برنارد قصه‌های عاشقانهٔ خانم جنرال را با داستان‌های ابتدایی جوامع بدوی مقایسه می‌کند.

علاقهٔ مقامات به این شب‌های پرمخاطره، علاوه بر ارزیابی مثبت پروفسور، دسترسی‌شان به روایت جدیدی از حقایق، جدا از گزارش‌های سازمان‌دهی‌شده است. با گذشت زمان، قصه‌ها هم غنی‌تر می‌شوند. خانم جنرال در مرکز صحنه قرار می‌گیرد. سرایدار که از موفقیت این شب‌ها مست شده است، با م.ش دربارهٔ انتشار این قصه‌ها در روزنامهٔ عصر مذاکره می‌کند. این امر به ساکنان امکان می‌دهد تا آنچه را که روز قبل شنیده‌اند بخوانند و بنابراین برای قصهٔ شبِ بعد آماده شوند. پروفسور هم که این ابتکار را پایه‌ای می‌پندارد، آن را تأیید می‌کند و به این ترتیب بخش قصه‌های عاشقانهٔ خیابان پاسکال شکل می‌گیرد.

داستان‌های عاشقانهٔ خیابان پاسکال هر روز صبح به‌رایگان در میان ساکنان محله پخش می‌شود. ژوزف هر شماره را با دقت می‌خواند. او به پیشرفت این رویداد با شک نگاه می‌کند. سایهٔ پروفسور برنارد همه‌جا دیده می‌شود. او به‌خوبی می‌داند که موفقیت این شب‌ها و بازتاب‌های رسانه‌ای‌شان مطمئناً جای تأمل دارد، اما نگرانی ژوزف از وخامت روابطش با مقامات است. بی‌تفاوتی قاضی به آخرین گزارش‌هایش برای او غیرقابل‌تحمل شده است. احساس بی‌فایده بودن و نادیده گرفته شدن دارد. چاپ عکس خانم جنرال که او را ساکنان احاطه کرده‌اند، به‌طور قطع ژوزف را در این یقین قرار می‌دهد. او در عکس نیست. ژوزف به یاد می‌آورد که سرایدار او را در ردیف دوم، پشتِ سر خانم پی‌یر نشانده بود، اما حالا که دوباره نگاه می‌کند، می‌بیند که در عکس حذف شده است و دیگر آنجا نیست.

ژوزف می‌شنود که همسایه‌ها به جلسهٔ قصه‌گویی می‌روند؛ در انتظار بازگشتشان در اتاق می‌ماند به این امید که بعد سکوت برقرار شود. او اما این‌بار نمی‌رود و امیدوار است که آن‌ها متوجه غیبتش بشوند.

نوشتن. غیرممکن است. دیگر هیچ‌چیز برای قاضی جالب نیست. ژوزف دلش برای او تنگ شده است، برای لبخندش، برای قدردانی‌هایش.

نقشه‌اش را روی زمین پهن می‌کند؛ خانم جنرال را پشت تریبون می‌گذارد؛ همسایه‌ها، سرایدار و خانم اشتاین را در ردیف اول. همه به خانم جنرال نگاه می‌کنند که می‌گوید و می‌گوید. از دکتر موریس قهرمان می‌گوید. ناگهان زمین می‌لرزد و همه‌چیز فرومی‌ریزد و ناپدید می‌شود. خیابان پاسکال دیگر نیست. هرم گرما، شعله‌های آتش. عرقی سرد و سپس همه آنجا هستند و شعله‌های آتش را احاطه کرده‌اند. پروفسور برنارد، قاضی، سرایدار، خانم جنرال، خانم اشتاین، خانم پی‌یر... ساکنان محله، افرادی که او نمی‌شناسد و هرگز آن‌ها را ندیده است. پروفسور چیزی در گوش قاضی زمزمه می‌کند. هر دو لبخند می‌زنند. دو نگهبان ژوزف را می‌آورند و سکوت سنگینی حاکم می‌شود. خانم جنرال درحالی‌که قصه می‌گوید؛ صدایش کشیده می‌شود و با شعله‌های آتش یکی. از روی سکو به ژوزف اشاره می‌کند، ساکنان کنار می‌روند و بعد نگهبانان، بدنِ سنگ‌شده و سبک و بی‌وزن او را بالا می‌برند. خانم جنرال دیگر آنجا نیست. نگهبانان از دو طرف جایگاه او را احاطه کرده‌اند. همچنان شعله‌های آتش. پروفسور می‌ایستد. به چشمان ژوزف خیره می‌شود، حرف می‌زند... ژوزف می‌خواند: «مگس مرد.» و بعد خنده، و صدای انفجار خنده. ژوزف با چشمانی از حدقه بیرون زده به آن‌ها نگاه می‌کند. به خانم جنرال و سرایدار. قاضی فریاد می‌زند؛ خانم پی‌یر دعا می‌خواند و بدنش با هق‌هق تکان می‌خورد، بلند و بلندتر، رقص، خلسه، همه کف می‌زنند، خانم اشتاین دست‌هایش را صلیب‌وار دراز می‌کند. او درحالِ رقص مرگ است. رقص مرگ. ماری. او آنجاست. بین قاضی و پروفسور و بی‌تفاوت به او نگاه می‌کند. هرکدام چیزی در گوشش زمزمه می‌کنند. ماری سرش را به نشانهٔ موافقت تکان می‌دهد. سرایدار به نگهبانان علامت می‌دهد که او را بیاورند، و آن‌ها بدن سنگ‌شده، سبک و بی‌وزن او را بالا می‌برند. سکوت. همه با چشمانی ترسیده به ژوزف خیره می‌شوند. شعله‌ها به آسمان زبانه

می‌کشد، گرما صورتش را نوازش می‌دهد و نور طلایی آتش او را کور می‌کند. ناگهان بدنش در شعله‌های برافراخته بلعیده می‌شود. زمان از حرکت می‌ایستد. نه کسی حرف می‌زند نه نفس می‌کشد. شعله‌های آتش به آسمان می‌رسد و همه‌چیز متوقف می‌شود. سیمون ویدال می‌گوید: «او بی‌گناه است.» و بعد همه‌چیز ناپدید و محو می‌شود.

ژوزف خیس از عرق سرد نگاهش را از روی نقشه بلند می‌کند و ماری را می‌بیند که از دور و در آینه به او اشاره می‌کند که دنبالش برود. او در جست‌وجوی ماری وارد راهرو می‌شود. ماریِ سبک است، دور شده است. ژوزف نفس‌نفس‌زنان در طبقهٔ همکف به اتاق تاریک سرایدار نگاه می‌کند. درِ کنار آسانسور به صدا درمی‌آید، باز و بسته می‌شود. پشت در، راهروی تاریک و طولانی پله‌هایی که به پایین منتهی می‌شود. ماری را می‌بیند. او پله‌ها و طبقات را می‌شمرد، هفت طبقه. راهرو و دوباره راهروهای بیشتر که با نور کمی روشن می‌شوند. عطر ماری در پس‌زمینهٔ سمت چپ. ژوزف در را هل می‌دهد و یک قدم به عقب می‌رود. همهٔ آن‌ها دور میز بیضی‌شکل و بزرگی منتظر او هستند.

۲

یک سال گذشت. م.ش در نامه‌ای سرگشاده به ساکنان خیابان پاسکال می‌نویسد که در طول این سال‌ها، در سِمَتِ یک وقایع‌نگار، هرگز تجربه‌ای به این اندازه مفید در حمایت و پشتیبانی از جمعیتی رنج‌دیده نداشته است، و بدون کمک ساکنان هرگز نمی‌توانست کاری را انجام دهد که از فریاد بیستم فوریه به بعد انجام داده است. «نوشتن برای تاریخ. برای احساسِ بودن.» این همان چیزی است که فریادها برایش به ارمغان آورده است، بااین‌حال راز این فریادها «هنوز دست‌نخورده باقی مانده است.»

ژوزف لبخند می‌زند. او شادی ساکنان، لبخند پروفسور و خشم قاضی را تصور می‌کند. م.ش می‌نویسد: «مراسم سالگرد فریاد آقای جرالد باید «بزرگ و باشکوه» باشد.» کنجکاوی مرموزی ژوزف را وادار می‌کند پایین برود و پایین می‌رود. آن‌ها همه آنجا هستند، همسایه‌های ساختمان و اهالی محله. ناخودآگاه به‌دنبال خانم اشتاین می‌گردد. آنجا نیست. خانم پی‌یر در مقابل تریبون، جای خانم اشتاین نشسته است. سیمون ویدال به ژوزف می‌گوید: «خانم اشتاین می‌خواهد فریاد آقای اشتاین را برقصد.» این اولین‌بار است که سیمون ویدال با او حرف می‌زند. خیلی هم عادی. انگار همین دیروز یکدیگر را ترک کرده بودند، که او هرگز غایب نبوده است.

سرایدار مضطرب به این‌طرف و آن‌طرف می‌دود. قاضی و پروفسور برنارد نیز آنجا هستند و ته سالن در ردیف آخر در کنار هم روی دو صندلی بلند نشسته‌اند. قاضی با حرکت محکم دست به سرایدار اشاره می‌کند و نمایش آغاز می‌شود.

خانم جنرال، متأثر، بخشی از گزارش م.ش را می‌خواند. ژوزف برمی‌گردد و قاضی را می‌بیند که به او لبخند می‌زند. هرچند معنی خنده‌اش را نمی‌فهمد، اما احساس غرور می‌کند. ناگهان، فریاد دکتر موریس و رقص خانم اشتاین. ساعت پنج‌وبیست‌وپنج دقیقهٔ صبح است. ژوزف به خانم جنرال نگاه می‌کند. با شنیدن فریاد قد راست می‌کند. چهره‌اش بیانگر درد عمیقی است، دردی غیر از درد ستون فقراتش. این مراسم را باشکوه می‌خواستند و باشکوه است برای ساکنان و همسایه‌های اطراف، و بعد همگی آرام و خوشحال به‌آهستگی پراکنده می‌شوند.

قاضی به ژوزف می‌گوید: «حق با شماست، ادامه دهید.» ژوزف نمی‌داند چه جوابی بدهد، سرگیجه گرفته است؛ با عجله به اتاقش پناه می‌برد.

پایان بعدازظهر، وقتی از خواب بیدار می‌شود، احساس سبکی دارد. بیرون هوا خوب است و برف‌ها از روی پنجره پاک شده‌اند. نور بی‌جان و ترسوی خورشید زمستانی به دیوار سمت چپ و روی قفسه می‌کوبد، و در عبور از کتاب‌ها و چند خرت‌وپرت او را در بر می‌گیرد. هیچ‌چیز ژوزف را مجبور به بلند شدن نمی‌کند و او بلند نمی‌شود و در تختخواب می‌ماند. نور خورشید به‌زودی ناپدید می‌شود. همیشه نورِ اواخرِ بعدازظهرِ بیست فوریه خیلی زود ناپدید می‌شود.

شب از راه می‌رسد و ژوزف هنوز در تختخواب است، در تاریکی.

ساختمان بی‌هیچ تهدیدی ساکت است، بی‌هیچ صدایی، خیلی ساکت. او سعی می‌کند به مراسم صبح زود فکر کند، اما منصرف می‌شود. ترجیح می‌دهد آشفتگی درونی خود را فراموش کند و افکار، خاطرات، و جملهٔ قاضی را در ذهنش مهار کند.

«یک سال گذشت.» در زده بود، اما ماری در را باز نکرد. یعنی بیدار بود؟ خواب ماری سنگین است. ژوزف تصور می‌کند که ماری از خواب بیدار شده است، برهنه، با پیراهن سفید و گلدوزی‌شده خود را پوشانده، همان پیراهنی که ژوزف آن را با خشونت از تنش درآورده بود تا سینه‌های عریانش را به خود بچسباند. ماری وقتی غمگین است، گریه می‌کند. وقتی لذت می‌برد هم. آیا آن صبح وقتی بیدار شده گریه کرده بود؟ آیا شبِ بعد و شب‌های بعد منتظرش مانده بود؟ دانستن همین چیزهاست که عذابش می‌دهد، همین افکاری که تسخیرش کرده‌اند و تصاویری که به ذهنش حمله می‌کنند. ژوزف بالاخره چشمانش را باز می‌کند. بیرون هم مثل درونش تاریک است.

هیچ صدایی نیست. سرشار از دلتنگی ناشناخته‌ای در خاطرات دور و نزدیک که بر قلبش سنگینی می‌کند، سعی دارد به چیز دیگری فکر کند، به هیچ. قلبش می‌تپد، ماری دست خود را روی قلب او می‌گذارد و می‌شمرد. ژوزف هم می‌شمرد. قلبش تند و تندتر می‌تپد. ماری می‌خندد، ژوزف هم می‌خندد. ابتدا ماری گوش می‌دهد و بعد ژوزف. ماری تا مرز گریه می‌خندد و بعد بلند می‌شود کنار پنجره می‌رود تا دور شدنش را ببیند. ژوزف می‌داند که ماری دارد نگاهش می‌کند. می‌خواهد در گوشهٔ خیابان بچرخد و در امتداد گورستان راه برود. ژوزف برمی‌گردد تا به ماری، که رفتنش را نگاه می‌کند، نگاه کند. بیرون سرد است. او با خود می‌گوید: «اینجا و همه‌جا هوا سرد است.» باد می‌وزد و خیابان‌ها خلوت

و ساکت‌اند. ژوزف برای نگاه کردن به پنجرهٔ خاموش تصمیم می‌گیرد که برگردد. ماری دیگر نیست. او ناپدید شده و جایش خالی است.

چشم‌هایش را که باز می‌کند صبح زود است و خانم پی‌یر درحالِ خواندن دعاست. ساعتِ اشک و سکوت است. ساعتِ قاضی و گزارش. شب به پایان رسیده و او هنوز خوابش نبرده است. بی‌هیچ حرکتی در تختخوابش خود را در دعا و مناجات خانم پی‌یر غرق می‌کند و پلک‌های سنگینش بسته می‌شود.

صدایی بی‌رحمانه به در می‌کوبد، به همهٔ درها. او فرصت ندارد که بلند شود تا در را باز کند که در باز می‌شود. مأموران شهرداری برای ضدعفونی کردن محله آمده‌اند. آن‌ها با صدای بلند با خانم پی‌یر دربارهٔ مورچه‌ها و مگس‌ها صحبت می‌کنند، دربارهٔ سوسک‌ها هم. سپس سکوت برقرار می‌شود، و دوباره صحبتشان را از سر می‌گیرند. ژوزف می‌داند که خانم پی‌یر به اتاق او اشاره کرده است. مأمور به او می‌گوید: «خانم کوچولوی من، حسابشون رو می‌رسیم، سوسک‌ها رو هم همین‌طور. نگران نباشید.» آن‌ها با خانم پی‌یر در آستانهٔ در ظاهر می‌شوند. «سوسک، مگس، مورچه؟» ژوزف به آن‌ها می‌نگرد، لحظه‌ای تردید می‌کند و سپس درحالی‌که به خانم پی‌یر خیره شده است می‌گوید: «نه!» به‌راستی که خانم پی‌یر کوچولوست.

سرایدار از راه می‌رسد، و سپس دو محقق جوان و سیمون ویدال. کل طبقهٔ هشتم در راهرو است. بوی وحشتناکی پیچیده و هوا غیرقابل‌تنفس است. ژوزف می‌دود تا پنجره را باز کند، اما مأموری با فریاد جلویش را می‌گیرد تا بقیه هم بشنوند. «هیچکی پنجره‌ش رو باز نمی‌کنه، باید بذارید اثر کنه، خیلی زود عادت می‌کنید.»

سیمون ویدال خوشحال است. اوست که مقدمات کار را فراهم کرده. سرایدار ضمن تشکر از او، ماجرای حملهٔ موش‌ها را در زمان طاعون بزرگ از زیرزمین تا طبقهٔ هشتم تعریف می‌کند. صدای جیغ کوچکی از گلوی سیمون ویدال بیرون می‌پرد. «موش‌ها!» خانم پی‌یر عصبانی نگاهش می‌کند. مأموری که ماسک نزده است و کپسولی را به‌تازگی روی زمین گذاشته فریاد می‌زند: «این مؤثره، مستقیماً می‌کُشه.» و دیگری که ماسک زده است با تکان دادن سر حرفش را تأیید می‌کند.

مأمور ماسک‌دار فریاد می‌زند: «می‌ذاریم اثر کنه، بعد اون‌ها رو بیرون می‌آریم و فردا دوباره یه لایهٔ دیگه می‌زنیم.» ژوزف نمی‌داند که چرا فریاد می‌زنند، همهٔ آن‌ها در راهرو، اطراف او هستند، اما همچنان در هر طبقه فریاد می‌زنند، انگار بعضی‌ها صدایشان بلند است. «کسی پنجره‌ها رو باز نمی‌کنه.» آن‌ها طبقه را ترک می‌کنند. سرایدار و سیمون ویدال آن‌ها را دنبال می‌کنند، اما خانم پی‌یر لحظه‌ای تردید می‌کند و سپس مانند محققان جوان و ژوزف به اتاق خود بازمی‌گردد.

همه‌چیز چسبناک است. همه‌چیز بو می‌دهد. کتاب‌ها، گزارش‌ها، نامه‌های ماری، مداد و خودنویسش، و تختخوابی که وقت درست کردنش را نداشت یا بالشی که تمام شب روی آن گریه کرده و خیس بود. صندلی راحتی و تصویر آن در آینه. همه‌چیز از جمله دست و صورتش با یک لایهٔ نامرئی پوشیده شده است. ناخودآگاه به پنجره نگاه می‌کند. دارد خفه می‌شود. گلو و پلک‌هایش می‌سوزند، به‌سختی نفس می‌کشد. در را باز می‌کند. بوی بیرون حتی شدیدتر است. صدای فریادشان را از طبقهٔ هفتم و شاید هم ششم می‌شنود. آن‌ها خیلی سرعت دارند، با این آدم‌های حرفه‌ای همه‌چیز به‌سرعت پیش می‌رود. بوی طبقهٔ هفتم هم بالا می‌آید، و بوی طبقهٔ ششم هم. در را باز می‌گذارد. صداها قوت قلب‌اند و او را

آرام می‌کنند. یکی از دو محقق جوان از اتاقش بیرون می‌آید و به‌سراغ دیگری می‌رود. او ماسک سفیدی بر دهانش دارد. خانم پی‌یر سرفه می‌کند و گلویش را صاف. ژوزف در را می‌بندد، خودنویسش را برمی‌دارد و می‌نویسد: «بوی گند می‌آید.»

بیشتر از این نمی‌تواند بنویسد. منتظر است تا کلمات بیایند؛ منتظر است تا به این بو عادت کند، تا فراموشش کند، و کمی بیشتر به آن عادت کند و کمی کمتر خفه شود، اما نمی‌تواند فراموشش کند. سرانجام در پایان بعدازظهر همه‌چیز برایش راحت‌تر می‌شود، و فقط گاه‌به‌گاه بوی تندی را با منشأیی ناشناخته همچون جریان هوا احساس می‌کند. ژوزف خیال می‌کند کسی پنجره‌اش را باز کرده است.

شب بااحتیاط به پنجره می‌چسبد و بو در تاریکی از بین می‌رود. ژوزف نقشهٔ ساختمان را روی زمین پهن می‌کند و شخصیت‌هایش را هرکدام سرِ جای خود قرار می‌دهد. امشب شبِ گزارش مراسم سالگرد است.

کلمات باعث می‌شوند بو را فراموش کند. لبخند قاضی و رفتار محترمانه‌اش در او بار دیگر میل به نوشتن را بیدار می‌کند. ژوزف نامهٔ سرگشادهٔ م.ش را دوباره با دقت می‌خواند. به‌راستی کمبود این گزارش‌ها را احساس می‌کند. حتی اگر طبق معمول این نامه را پر از اطلاعات دقیق و ارزشمند بیابد؛ این‌بار نیز در خوانش جدیدش همان احساس خوانش اولیه را دارد. ژوزف در یادداشت شخصی خود خطاب به قاضی می‌نویسد، اشارات غیرمستقیم و متعدد به اندیشهٔ پروفسور برنارد، «بی‌طرفی» افکار م.ش را به ما القا می‌کند؛ افکاری که می‌توانیم این‌طور خلاصه کنیم: «موفقیت گستردهٔ قصه‌های عاشقانهٔ خیابان پاسکال نشان‌دهندهٔ پیوند مبارک بین هوش و اقتدار است. این امر به پروفسور برنارد اجازه می‌دهد مطالعه‌ها و تجربیات خود را بر یک جمعیت واقعی انجام دهد و درنتیجه

سیاست مقامات را مشروع جلوه دهد.»

ژوزف همچنان که جذب تحلیل دقیق خود از نامهٔ م.ش است، نام خود را با صدای ضعیفی از آن‌سوی دیوار، از اتاق خانم پی‌یر، می‌شنود. می‌ترسد و با تعجب گوش‌هایش را تیز می‌کند. بعد از ماری دیگر کسی نامش را به زبان نیاورده بود. با خود می‌گوید لابد اشتباه شنیده که خانم پی‌یر دوباره نامش را صدا می‌زند. از جایش بلند می‌شود و گوشش را به دیوار می‌چسباند. درست شنیده است. نام او را صدا می‌زند. صدا می‌گوید: «بروید دنبال سرایدار.» و بعد دیگر هیچ. سکوت. ژوزف نیاز داشت که دوباره صدا را بشنود. نامش را. او هم از سمت خود صدا می‌زند و می‌گوید: «خانم پی‌یر!» جوابی نمی‌شنود و ناگهان صدای افتادن چیزی می‌آید. خودش است، خانم پی‌یر. در را باز می‌کند و به راهرو نگاه می‌کند. کسی نیست. به‌آرامی و بی‌صدا از اتاق خارج و وارد راه‌پله می‌شود. باز همان بو در هر طبقه، همه‌جا. اتاق نگهبانی در طبقهٔ همکف خاموش است. می‌خواهد در بزند، اما تردید می‌کند. برمی‌گردد و نگاهش به درِ کنار آسانسور می‌افتد که نیمه‌باز است. نفسش بند می‌آید و می‌ایستد. تصمیم می‌گیرد به اتاقش برگردد، اما در را هل می‌دهد و وارد می‌شود. درْ بی‌هیچ مقاومتی تسلیم می‌شود. همهمهٔ گنگی از اعماق سرداب تاریک بلند است. از پله‌ها پایین می‌رود. در تاریکی نفس‌نفس می‌زند و هفت طبقه پایین می‌رود. همهمه در هر طبقه بیشتر می‌شود. طبقهٔ هفتم زیرزمین، همه‌جا پر از مورچه است، روی زمین، روی دیوارها و سقف. ژوزف وحشت‌زده می‌ایستد. همه‌چیز از هر جهت درحالِ حرکت است. راهروها همه در یک وضعیت‌اند، همه‌جا پر از مورچه، روی میز بیضی‌شکل، کاناپه‌ها. تصمیم می‌گیرد که برگردد، چیزی آن‌سوی سالن فرومی‌ریزد. دری فرومی‌ریزد و ابری از مورچه‌ها روی دست‌ها و صورتش می‌نشینند. تلاش می‌کند که خود را از شرشان خلاص کند، اما

هیچ مورچه‌ای روی دست و صورتش نیست. می‌دود تا به اتاقش پناه ببرد. در طبقهٔ همکف، دو سایه پشت پنجرهٔ روشن اتاق نگهبانی حرکت می‌کنند. پنهان می‌شود و منتظر می‌ماند. سایه‌ها ناپدید می‌شوند. بی‌صدا بالا می‌رود. خانم پی‌یر سرگرمِ خواندن دعاست. ژوزف به‌سمت اتاقش می‌رود و خود را حبس می‌کند.

بی هیچ تلفاتی.

مأموران شهرداری در محاصرهٔ ساکنان طبقهٔ هشت همه‌جا را بررسی می‌کنند. سیمون ویدال با صورتی وارفته می‌گوید: «نه یک مگس، یک مورچه و نه حتی یک سوسک.» مأموران ناراحت‌اند. رئیسشان حتی با عصبانیت رو به همکارانش می‌کند و می‌گوید: «این اولین‌باره، ها؟» و دیگری با سردرگمی حرفش را تأیید می‌کند و مثل کسی که می‌خواهد چیزی بگوید اضافه می‌کند: «ممکنه توی سوراخ‌هاشون مرده باشن، وقت بیرون اومدن نداشته باشن.» ژوزف بااحتیاط به خانم پی‌یر نگاهی می‌اندازد. هیچ نشانی از زمین خوردن در او نمی‌بیند، اما احساس می‌کند خانم پی‌یر از نگاهش دوری می‌کند. رئیس درحالی‌که میزان مواد کپسول را اضافه می‌کند می‌گوید: «این حرامزاده‌ها رو از سوراخ‌هاشون بیرون می‌کِشیم.» و محققان جوان با تعجب به هم نگاه می‌کنند، اما چیزی نمی‌گویند. رئیس با نگاه تمسخرآمیز همیشگی به همکارش می‌گوید: «یکی پنجره رو باز گذاشته ها؟ همیشه همین‌طوره.» همه به هم نگاه می‌کنند. رئیس از عصبانیت درحالِ انفجار است. انگار دارد با خودش حرف می‌زند. کسی را مخاطب قرار نداده، اما همه فکر می‌کنند طرف

صحبت اویند و نگران‌اند. می‌گوید: «اگه لازم باشه فردا برمی‌گردیم. این‌بار واسه جمع کردنشون با خودمون بیل می‌آریم.» و با پوزخندی ماسکش را می‌زند. این‌بار خودش شخصاً اینجا را سم‌پاشی خواهد کرد.

با اولین ماده‌ای که از کپسول در هوا پخش می‌شود، بوی تندی می‌پیچد و همه دماغشان را می‌گیرند. خانم پی‌یر از شدت سرفه به لرزه می‌افتد و ژوزف با درماندگی می‌بیند که قطرات سم روی وسایلش می‌نشیند. رئیس زنجیر پاره کرده است. همکارش با انگشت به خانم پی‌یر اشاره می‌کند که از شدت سرفه خم شده است و سعی دارد با پشت دست بخارهای سمی را کنار بزند. رئیس ماسکش را برمی‌دارد و به خانم پی‌یر نگاه می‌کند و می‌گوید: «خانوم کوچولوی من چه‌ش شده؟ عادت می‌کنه. ها؟» و ماسکش را دوباره به صورتش می‌زند و کارش را با جدیت بیشتر از سر می‌گیرد. سیمون ویدال و سرایدار هم با دیدن خانم پی‌یر لبخند تمسخرآمیزی به‌هم می‌زنند.

خانم پی‌یر دیگر سرفه نمی‌کند و ژوزف به خود می‌گوید: همین‌طور است. آدم به همه‌چیز عادت می‌کند. مأموران شهرداری رفته‌اند و سکوت سنگینی فضا را آزرده کرده است. ژوزف به یادداشت‌های مرطوبی نگاه می‌کند که برای قاضی نوشته است. دیشب وقت نکرده بود تمامشان کند. حالا هم مرکب‌ها چکه کرده و اشکال نامرتبی را به‌وجود آورده، متن را ناخوانا کرده است. از نوشته‌هایش فقط کلمهٔ «انتقام» در امان مانده و هنوز قابل‌خواندن است. می‌خواهد به یادداشت‌ها برگردد، اما چیزی مانعش می‌شود. این شکلک‌ها نشان دسیسه‌ای است. شباهتشان را با مورچه‌ها نمی‌تواند انکار کند، اما بدون مأمورها آن‌ها آنجا نبودند. آن شکلک‌ها وجود نداشتند. مثل شکلک‌های نامنظم باران زیر پنجره که حالا پاکشان کرده‌اند. ژوزف ناگهان به پشتکار و جدیت مأمور ارشد سمپاشان فکر

می‌کند. همین و بس.

ژوزف سعی می‌کند یادداشت‌ها را از حافظه دوباره بنویسد. «موفقیت مردمی قصه‌های عاشقانهٔ خیابان پاسکال نظریهٔ پروفسور برنارد را مبنی بر این تأیید می‌کند که این قصه‌ها شباهت زیادی به قصه‌های بدوی دارند، و این نشان‌دهندهٔ پیروزی هوش بر قدرت است.» بقیه را به یاد نمی‌آورد. دوباره می‌خواند. می‌داند که نوشته‌ها طولانی‌تر و متفاوت‌تر بودند. قادر به ادامه نیست. پس بلند می‌شود تا از اتاق بیرون برود، اما بلافاصله منصرف می‌شود.

نیمه‌های شب ژوزف درحالی‌که نفسش سنگین شده است، از خواب می‌پرد. موقع نفس گرفتن، نگاهش بر آینه می‌لغزد. آن‌ها آنجا هستند، مورچه‌ها. سطح آینه را پوشانده‌اند. هیچ‌کدام روی دیوار و روی زمین نیستند. وحشت‌زده دستش را روی آینه می‌کشد. آن‌ها طرف دیگر آینه‌اند. دستش که نزدیک می‌شود دور می‌شوند و وقتی برمی‌گرداند نزدیک می‌شوند. دوباره دستش نزدیک می‌شود، مورچه‌ها دور می‌شوند، دستش را برمی‌گرداند، مورچه‌ها نزدیک می‌شوند. ژوزف بلند می‌شود و با عجله اتاقش را ترک می‌کند.

مورچه‌ها پنج طبقه سرداب را بالا آمده‌اند و درحال‌حاضر در طبقهٔ منهای دو هستند. ژوزف دیوارها را لمس می‌کند، به زمین و سقف می‌نگرد، آن‌ها آن‌طرف دیوار و زمین و سقف هستند. تونل مورچه‌ها. صدای سرایدار را از طبقهٔ هفتم سرداب و از انتهای راهرو می‌شنود. ژوزف می‌ترسد و مخفی می‌شود، اما هیچ اتفاقی نمی‌افتد. حالا صدای دعای خانم پی‌یر می‌آید. پچ‌پچ محققان جوان و ناگهان صدای ماری... ژوزف مثل سنگی مات و مبهوت می‌ماند. صداها از اتاق پشتی، از میز بیضی‌شکل انتهای راهرو می‌آیند. با پاهایی لرزان جلو می‌رود. مورچه‌ها

نگاهش می‌کنند. هزاران چشم بی‌آنکه حرکتی کنند با هم به او خیره می‌شوند. شاخک‌هایشان از همه طرف می‌رقصند. سرگیجه‌آور. آن‌ها هوا را به لرزه درمی‌آورند و ناگهان متوقف می‌شوند. صداها قطع شده‌اند و مورچه‌ها در سکوت بی‌عمق به انتظار ایستاده‌اند. همه‌چیز زیر سنگینی نگاهشان فرومی‌ریزد؛ زمین، دیوارها، سقف. با یک انفجار همه‌چیز فرو خواهد ریخت، و بعد دوباره شروع می‌کنند. رقص شاخک‌هایشان دوباره شروع می‌شود. ماری می‌خندد. سرایدار چیزی در گوشش زمزمه می‌کند و او را می‌خنداند. ژوزف به عقب می‌رود. سرش گیج می‌رود. چشمانش را می‌بندد. می‌خواهد غثیان کند و خود را از سمی خالی کند که بیرون و درونش را پر کرده است. چشم‌هایش را باز می‌کند؛ مورچه‌ها و خندهٔ ماری. بلافاصله دوباره چشم‌هایش را می‌بندد. به عقب می‌رود؛ به‌سرعت سالن را ترک می‌کند و از پله‌ها بالا می‌رود. در طبقهٔ همکف نمی‌ایستد و دو سایه را جا می‌گذارد که پشت پنجرهٔ روشن اتاق نگهبانی حرکت می‌کنند و درحالی‌که در طبقهٔ هشتم، خانم پی‌یر نمازش را تمام کرده است وارد اتاقش می‌شود و در را خیلی آرام پشتِ سر خود می‌بندد. این سکوتِ پیش از بیداری جمعی است.

رئیس به همکار گیج و مطیع خود می‌گوید: «تا حالا همچین چیزی ندیده بودیم. ها؟» بی‌اثر بودن مواد سمی او را عمیقاً متأثر کرده است و با صدایی ناامید تکرار می‌کند: «هیچ، حتی یه مورد تلفات. با این‌همه سمی که ریختیم، هیچ.» او نامهٔ مأموریت را از جیبش بیرون می‌آورد و به سرایدار نشان می‌دهد. سرایدار ابراز همدردی می‌کند و خانم ویدال معتقد است که باید پافشاری کرد. می‌گوید: «بالاخره این حیوانات موذی بیرون می‌آیند.» مأمورها طبقهٔ هشتم را ترک می‌کنند و سرایدار هم. خانم پی‌یر سرفه‌کنان غر می‌زند و می‌پرسد آیا می‌توانیم پنجره را باز کنیم؟ سیمون ویدال هم با ناراحتی به او نگاه می‌کند.

ظهور گستردهٔ مورچه‌ها و حضور ناگهانی مأموران شهرداری برای «نابودی‌شان» ژوزف را اساساً نگران کرده است. درست است که این پدیده کم‌اهمیت نیست، اما از نظر او تسلیم شدن به این راحتی در چنین مأموریت مهمی، غیرمسئولانه و مشکوک به‌نظر می‌رسد. در گزارش خود به قاضی می‌نویسد: «شکست مأموران به‌هیچ‌وجه ترک این مأموریت مهم را توجیه نمی‌کند» اما چیزی که ژوزف را نگران می‌کند، نقش سیمون ویدال در این ماجرای حساس است. او به سرایدار گفته بود: «خطر نزدیک

است.» و اینکه او این اطلاعات را از کجا می‌آورد برای ژوزف عذاب‌آور بود، اما همین هم باعث شد تا ژوزف به قاضی بنویسد: «طبق اطلاعات من، ستون مورچه‌ها با سرعت سرسام‌آوری در ساختمان و محله درحالِ پخش شدن هستند.»

ژوزف به پنجره نگاه می‌کند، اما بلافاصله از فکر باز کردنش منصرف می‌شود. سنگینی هوای اتاقش از حضور مورچه‌هاست. درست است که بو کمتر شده، اما فکر مأموران شهرداری ذهنش را مشغول کرده است. بدون شک می‌داند که آن‌ها برمی‌گردند و یک هفته بعد، با تجهیزاتی بیشتر و عجیب و غریب برمی‌گردند. گزارش ژوزف قطعاً نقش مهمی در بازگشت مأموران ایفا می‌کند، اما به‌نظر می‌رسد بازگشت آن‌ها که مستقیماً با حکم قاضی صورت گرفته، بهانه‌ای است برای ابراز خشم خود از نشت بی‌رویهٔ اطلاعات از محله. تشکر م.ش از ساکنان از نظر قاضی نشان‌دهندهٔ شکست قطعی این سیاست است. احتمال خطر زیاد است. صبر قاضی در بازی پوچ پروفسور برنارد برای انسانی کردن سیاست از طریق قصه‌های عاشقانه، موقع ارزیابی، هشدارهای شدید مقامات عالی را برایش به‌همراه خواهد داشت. ژوزف در گزارش خود به قاضی می‌نویسد: «نمی‌توان انکار کرد که شب‌های قصه، عادت ساکنان را تغییر داده است. آن‌ها در این مدت به منافع نظم عمومی علاقهٔ کمتری نشان می‌دهند. طعم زندگی و لذت‌های بی‌دریغ عشق را چشیده‌اند. دخالت‌های نامنظم مقامات که چهرهٔ آشنای سرایدار آن را منتقل می‌کند دیگر شگفت‌زده‌شان نمی‌کند. چهرهٔ مخدوش قدرت باید اصلاح شود و در این رابطه بازگشت باقدرت مأموران شهرداری یک فرصت است.» ژوزف عکس العمل پروفسور برنارد را برای خودش تصویر می‌کند.

قاضی در تصمیمی یک‌جانبه دستور توقف قصه‌های عاشقانهٔ خیابان پاسکال را صادر می‌کند. این تصمیم بیش از همه باعث پیدایش نشانه‌های اولیهٔ گسستی اجتناب‌ناپذیر بین قاضی و پروفسور برنارد می‌شود. خبرْ ساکنان را ناراحت می‌کند. سیمون ویدال اعتراف می‌کند که حساب کار از دستش خارج شده است و دیگر چیزی نمی‌فهمد. خانم اشتاین پاسخ می‌دهد: «به ما ربطی ندارد.» خانم جنرال که مورد بی‌توجهی قاضی قرار گرفته است، در خاطرهٔ شب‌های موفق خود فرومی‌رود. هرگونه تقاضایش برای تغییر قصه‌ها رد شده است. درد ستون فقراتش برگشته و امانش را بریده است. او در همین حال به خانم پی‌یر که با نگاهی غمگین به او گوش می‌دهد می‌گوید: «ما دیگر هرگز رنگ شادی را نخواهیم دید.» و با نشان دادن عکس خود در روزنامه تکرار می‌کند: «روزهای خوش گذشته، چه روزهایی بود.»

م.ش به‌طرز ماهرانه‌ای فشارِ اختلاف‌ها بین قاضی و پروفسور برنارد را نادیده می‌گیرد و با امید به موقتی بودن این بحران، از متوقف شدن پروژهٔ قصه‌های عاشقانهٔ خیابان پاسکال اظهار پشیمانی می‌کند. سرایدار اما تکلیفش روشن است. او به‌طور قطع طرفِ قاضی است. سخنرانی روز یکشنبه‌اش بوی خون می‌دهد. همراه تنبیه و تهدید است. با صدایی که از خشم می‌لرزد می‌گوید: «آن‌ها برگشته‌اند. ارواح شیطانی بین ما هستند و ما آن‌ها را یکی پس از دیگری نابود خواهیم کرد. باید هوشیار باشیم. ما با هم این توطئه را خنثی و آرامش و روشنی را باز خواهیم گرداند.»

تظاهرات بزرگ حمایت از قاضی، که سرایدار پس از سخنرانی روز یکشنبه سازمان‌دهی کرده بود، قلب قاضی را گرم می‌کند و او تصمیم می‌گیرد برای جلوگیری از لغزش بیشتر در محله ساکن شود. پروفسور برنارد هم، که مقامات امنیتی شهر احضارش کرده‌اند، با اشاره به نگرانی

قاضی برای امنیت و احساس مسئولیتش در قبال ساکنان و منافع عالی شهر به‌سرعت و تمام‌قد حمایت خود را از او اعلام و با سکونتش در منطقه موافقت می‌کند، و دررابطه‌با انتقاد سختی که از قاضی در ناتوانی‌اش برای حل پروندهٔ «فریاد» شده است از مسئولان برای او درخواست ارفاق می‌کند.

از صبح زود، همه اینجا هستند. دیگران. آدم‌های جدید. ژوزف هنوز آن‌ها را ندیده، ولی به‌زودی به‌سراغش خواهند آمد. مثل یک ارتش‌اند. همه‌جا هستند، در همهٔ طبقات. همگی ماسک زده‌اند و چیزهایی از بدنشان آویزان است. پنجره‌ها و درزهای بیرونی را می‌گیرند و هر آپارتمان و اتاقی را بررسی می‌کنند. همهٔ درها را از جا درآورده‌اند و اهالی با درماندگی به آن‌ها می‌نگرند. هیچ‌کس نه چیزی می‌گوید و نه واکنشی نشان می‌دهد. حتی سرایدار هم متعجب است. هیچ‌کس او را در جریان نگذاشته است. قاضی خود رهبری عملیات را در دست دارد. در طبقهٔ همکف، چهار مرد مشغول نصب یک دستگاه پیچیدهٔ پخش گاز هستند. قاضی ساکنان را جمع می‌کند و می‌گوید: «این بازی مسخره به حد کافی طولانی شده» و دیگر چیزی نمی‌گوید. سرایدار احساس می‌کند تحقیر شده است. ساکنان به ماسک و دستکش مجهز می‌شوند. خانم جنرال برای پوشیدنشان عجله می‌کند، خانم پی‌یر هم همین‌طور. همه برای پوشیدن ماسک و دستکش پراکنده شده‌اند. خانم جنرال در بالا رفتن از طبقات مشکل دارد. کمک می‌خواهد، اما صدایش گویا نیست و تغییر کرده است. حوالی ظهر همه هنوز منتظرند. ژوزف در آینه به خود نگاه می‌کند و یک نفر را در

آستانهٔ در می‌بیند و می‌چرخد. باید خانم پی‌یر باشد. با ایماواشاره چیزی می‌گوید. ژوزف می‌فهمد که ماسکش را سفت بسته است. ژوزف سعی می‌کند ماسک او را شل کند، اما نمی‌تواند. دستکش‌ها نمی‌گذارند. این اولین‌باری است که ژوزف تا این حد به خانم پی‌یر نزدیک می‌شود. خانم پی‌یر هم سعی می‌کند نزدیک‌تر شود تا کارش را راحت‌تر کند. بدن آن دو همدیگر را لمس می‌کنند. او تقریباً به ژوزف چسبیده است. تلاششان بی‌نتیجه است. هیچ.

صدای عجیبی از ماسک خانم پی‌یر می‌آید؛ صدایی که صدای خفگی نیست، اما سیمون ویدال را از اتاقش بیرون می‌کشاند. او با ماسکش به بدن‌های درهم تنیدهٔ ژوزف و خانم پی‌یر نگاه می‌کند. بی‌شک خانم پی‌یر نگاه خشن و تمسخرآمیز او را می‌بیند، اما هیچ‌چیز نه او و نه ژوزف را از کارشان بازنمی‌دارد. محققان جوان هم می‌رسند. همهٔ طبقهٔ هشتم آنجا جمع می‌شوند. همگی دست‌به‌کار می‌شوند و حالا خانم پی‌یر بین بدن‌ها دست‌به‌دست می‌شود. ناگهان ناله‌اش را قطع می‌کند. ژوزف خود را روی تختخواب می‌اندازد و خانم پی‌یر هم روی کاناپه ولو می‌شود. سیمون ویدال و محققان جوان هم قبلاً به اتاق خود برگشته‌اند.

در انتهای بعدازظهر، خطوط کوچک و مارمانندی از دود، کف اتاق ژوزف پخش می‌شود. خطوطی که می‌لغزند، بالا می‌روند و سطح دیوارها و سقف را می‌پوشانند. ژوزف می‌بیند که دود به ماسکش چسبیده و فضا را پر کرده است. مه همه‌جا را گرفته و هیچ‌چیز مشخص نیست. گوش‌هایش را تیز می‌کند، اما صدایی نمی‌آید. مه غلیظ‌تر می‌شود. سرش به‌سمت پنجره می‌چرخد، اما هیچ نوری تو نمی‌آید. روی تختخوابش دراز می‌کشد، چشم‌ها را می‌بندد تا دود از بین برود.

کسی در راهرو است. ژوزف گوش‌هایش را تیز می‌کند، اما چیزی نمی‌شنود. شخص حرکت می‌کند، بدنی بی‌وزن در مه. ژوزف چشم‌هایش

را باز می‌کند. دود هنوز هم هست، حتی سنگین‌تر هم شده است. دوباره چشم‌ها را می‌بندد و سعی می‌کند به‌طور منظم نفس بکشد. صدای تنفس در ماسکش طنین‌انداز می‌شود. کش می‌آید. بم و بم‌تر می‌شود. هوا مرطوب است، خفه‌کننده. مورچه‌ها آنجا هستند، روی زمین، بر دیوارها و سقف. ژوزف به‌سرعت جلو می‌رود. راه را بلد است. مورچه‌ها از حرکت بازمی‌ایستند و همه به او خیره می‌شوند. شاخک‌هایشان از همه طرف می‌رقصد، و صدای ماری در انتهای راهرو می‌آید. کسی نیست. فقط ماری و سرایدار هستند که با صدای ترسیده صحبت می‌کنند.

ژوزف متوجه حضوری می‌شود و ناگهان برمی‌گردد. ماسک آزارش می‌دهد. روی تختخوابش نیم‌خیز می‌شود. هیکلی سیاه به او خیره شده است. دود کمتر شده است. مأموری می‌خواهد زیر تختخواب را به‌دنبال مورچه، مگس یا سوسک بگردد. ژوزف بلند می‌شود و به راهرو می‌رود. همهٔ همسایه‌ها اینجا هستند. هرکدام با یک مأمور جلوی در اتاق خود. هیچ تلفاتی. ژوزف از نوع خستگی‌اش احساس می‌کند هنوز شب است. خانم پی‌یر با صدایی خش‌افتاده برای خواندن دعا وارد اتاقش می‌شود. شب دارد به پایان می‌رسد و سیمون ویدال می‌گوید: «فردا باز روشنی روز خواهد رسید.» و فردا روز می‌شود، و پنجره‌اش نور را به داخل می‌آورد و دودی را که حالا کمتر شده می‌شکافد. ژوزف از اتاق بیرون می‌آید. سرایدار به‌دنبالشان آمده است که بگوید: «قاضی قرار است حرف بزند.»

همه از صبح زود، ماسک‌به‌صورت، منتظر قاضی ایستاده‌اند. تعداد قابل‌توجهی از مأموران شهرداری اطراف ماشین گاز مشغول‌اند. ظهر است و قاضی هنوز نیامده. در این انتظار طولانی هیچ‌کس نه حرفی می‌زند، نه حرکتی می‌کند. یکی از مأمورها برای آرام‌تر کردن این انتظار، شاید، چند کلمه‌ای حرف می‌زند، اما صدایش نامفهوم است. او بار دیگر با حرکاتی زنده‌تر کلمات نامفهومش را کمی بلندتر تکرار می‌کند. چند ماسک به‌سمت سرایدار می‌چرخد، اما حرکت ناگهانی مأمور، مانع رفتن او به جلو می‌شود. دلهره و ترس به جان همه افتاده است. خانم جنرال از ایستادن زیاد خسته شده است و بااحتیاط می‌نشیند. به تبعیت از او بقیه هم می‌نشینند. مأموران اجازهٔ این کار را به آن‌ها داده‌اند. نشسته یا ایستاده، انتظارْ انتظار است. قاضی تا عصر هم نمی‌آید و آن‌ها از خستگی پراکنده می‌شوند.

اواخر شب، ژوزف همهمهٔ نفس کشیدن ملایمی را در ماسک خود می‌شنود. گوش‌هایش را تیز می‌کند، اما هیچ. نسیم به پوستش می‌خورد و صورتش را می‌پوشاند. چشمانش را به‌آرامی باز می‌کند. مردی در آستانهٔ در به او اشاره می‌کند که دنبالش برود. ژوزف هم می‌رود. در طبقهٔ همکف

همه‌چیز ساکت و آرام است. مرد از درِ سرداب می‌گذرد. ژوزف هم او را دنبال می‌کند. پشت در، هیچ پله‌ای نیست، فقط راهروی دراز و تاریکی است با نوری خیره‌کننده در انتهایش. مرد قدم‌هایش را تندتر می‌کند. آن دو می‌دوند و راهرو کش می‌آید و نور دور می‌شود. باد می‌غرد و زوزه می‌کشد. آن‌ها در نور ذوب می‌شوند و ناگهان همه‌چیز ساکت می‌شود. هوا خوب است. مزرعه‌ای از گل در لبهٔ یک صخره. پروانه‌ها آسمان را پوشانده‌اند و مرد نابینایی دست پسربچه‌ای را گرفته است و درحالِ گردش‌اند. پروانه‌ها در بادِ سرکش رها هستند و می‌رقصند و پسربچه را تحریک می‌کنند. پسربچه در تردید گرفتن یکی از آن‌هاست و از تنها گذاشتن مرد می‌ترسد. پروانه‌ای در مقابل چشمانش با همهٔ رنگ‌هایی که دارد می‌رقصد و او نمی‌تواند لمسش کند. سعی می‌کند آن را بگیرد، پروانه دور می‌شود و پسربچه به‌دنبالش می‌دود. او از مرد، که تنها مانده و دستش در هوا معلق است، دور می‌شود. حالا دیگر دورِ دور است. پروانه جایی می‌نشیند و پسربچه آن را می‌گیرد. مست از شادی، به پروانه‌ای که در دستش تکان می‌خورد نگاه می‌کند، ضربان قلب پروانه را احساس می‌کند. ناگهان برمی‌گردد. مرد به لبهٔ صخره رسیده است. پسربچه از ترس فلج می‌شود و از ناتوانی فریاد می‌زند و به پروانه‌ای که در دستانش له شده نگاه می‌کند. ژوزف ترسیده است و می‌خواهد شروع به دویدن کند، اما نمی‌تواند. پاهایش سنگین‌اند و جلو نمی‌روند... با حالت خفگی از خواب می‌پرد و بی‌آنکه فکر کند ماسکش را برمی‌دارد. یک مأمور شهرداری در آستانهٔ در نگاهش می‌کند. ژوزف دوباره و بلافاصله ماسک را روی صورتش برمی‌گرداند.

قاضی صحبت می‌کند. خسته، جمله‌های طولانی‌اش بوی پایان حکمرانی‌اش را می‌دهد. با ماسکی که باز شده و تقریباً آویزان است، و صدایی خش‌دار بی‌هیچ اعتقادی، یک‌بار دیگر، کسی چه می‌داند، شاید این آخرین سخنرانی‌اش دربارهٔ خیر و شر باشد، دربارهٔ دستان نامرئی دشمنان، خائنان، امنیت، آرامش و روشنی...

سرایدار با قلبی گرفته به او گوش می‌دهد و متأثر است. این جمله‌های اوست، جمله‌های خودش. او خود را پشت تریبون می‌بیند و ساکنان را تماشا می‌کند و حواسش به تأثیر کلمات بر چهرهٔ آن‌هاست، و مراقب ترسی است که از آن می‌گویند، مراقبِ نشانه‌های شادی و امید. پاهایش می‌لرزند. او که بین سیمون ویدال و خانم پی‌یر قرار گرفته است در انتظار نگاهی از سوی قاضی، یک کلمه، حتی یک کنایهٔ ساده از نامش یا نشانه‌ای از قدردانی است، اما هیچ. قاضی نگاهش را از او پرهیز می‌کند و نادیده‌اش می‌گیرد. سرایدار سرگیجه می‌گیرد. دیگر تمام است. دنیایش فرومی‌پاشد. او دیگر وجود ندارد، هیچ وجودی. حالا نوبت اوست. آمدنش را احساس کرده بود. از نشانه‌های غیرقابل‌انکاری که وجود داشت. یک روز قاضی به او گفته بود: «همیشه یک گناهکار لازم است.» حالا سرایدار با خود فکر

می‌کند که گناهکار اوست. شب‌های قصه‌ها برایش گران تمام شده بود. خود را در لالایی آن‌ها رها کرده و خوابش برده بود. به خانم جنرال نگاه می‌کند، اما او هم نگاهش نمی‌کند. از صورتش پیداست که رنج می‌کشد. پس به خانم پی‌یر و سیمون ویدال می‌چسبد. حرف‌های قاضی تمامی ندارند. می‌گوید که می‌خواهد در این ساختمان زندگی کند. می‌گوید، این شروع یک دورهٔ تازه است. ژوزف با دیدن سرایدار که داشت از بی‌تفاوتی قاضی خرد می‌شد، با خود فکر می‌کند که این نباید آسان باشد. سرایدار ناگهان ماسکش را برمی‌دارد. چهره‌اش آرام و خالی از اندوه و اضطراب است، بی‌تفاوت. انگار هرچه عشق و علاقه داشت ترکش کرده است، و دیگر هیچ‌چیز برایش باقی نمانده بود. نه قاضی و نه ساکنان. پس راهی از میان ساکنان باز می‌کند، آن‌ها هم می‌گذارند برود و رفتنش را تماشا می‌کنند. قاضی با حالتی پریشان به او نگاه می‌کند. خانم پی‌یر ماسک خود را برمی‌دارد و با غرور و لبخندی بر لب به سیمون ویدال می‌گوید: «جرئت کرد.» سیمون ویدال متاثر، جواب لبخندش را با لبخندی و با چشمانی پر از اشک می‌دهد.

همه‌چیز در ساختمان تغییر کرده است. دگرگونی ناگهانی سرایدار، به‌هیچ‌وجه در برنامه‌های قاضی پیش‌بینی نشده بود. تسلیم تقریباً «ذاتی» او در برابر قدرت، هیچ‌وقت انتظار چنین نافرمانی رادیکالی را از او نمی‌داد. سرایدارْ شخص مورد اعتماد قاضی از زمان فریاد آقای جرالد بود. هم مخبر او بود، هم ضامن خط‌مشی و هم مدیر بحران‌های روزانه‌اش... امتناع او برای ادامهٔ مسئولیت تا رسیدن آلبرت جوان، در چند روز آینده، که برای جایگزینی او در نظر گرفته شده بود، قاضی را که به‌تازگی مورد انتقاد شدید مقامات امنیتی شهر قرار گرفته بود، ضعیف‌تر می‌کرد. استفادهٔ غیرقانونی او از یک مادهٔ کشنده برای نابودی مورچه‌ها، ماده‌ای که در ابتدا برای از بین بردن موش‌ها در نظر گرفته شده بود، برخلاف قرارداد

جمعی حمایت از شهروندان، خطای بزرگی بود که از قاضی سر زده بود. بااین‌حال او را برای انجام ادامهٔ وظایفش نگه داشته بودند و پیوستنش به اهالی مورد قبول مقامات بود.

قاضی اما فروریخته و ازدست‌رفته است. چیزی را خوب نمی‌فهمد. کینهٔ مسئولان به او مشکوک به‌نظرش می‌آید. همچنین رسیدن اتهام‌ها و مجازات‌های دیگری را پیش‌بینی می‌کند و خسته به خود می‌گوید: «این یک توطئه است.» احساس خلأ می‌کند. صداقتش دیگر مقامات را تحت تأثیر قرار نمی‌دهد. دلواپسی‌هایش برای عدالت او را تنها و کور کرده بود. با این فکر که نکند یک تله باشد، سرش را بین دستانش می‌گیرد و فکر می‌کند، آیا نگه داشتن و حبس کردنش در این محله او را از هستهٔ تصمیم‌گیری دور نمی‌کند؟ متوجه رسیدن این شرایط نشده بود، و سرایدار؟ به‌نظرش او هم جزئی از این توطئه است. م.ش هم همین‌طور، و دوباره مقاله‌اش را می‌خواند که نوشته بود: «خروج غیرمنتظرهٔ سرایدار، چالش جدیدی برای قاضی است. او اکنون باید با مشکلات واقعی زندگی روزمره روبه‌رو شود.»

قاضی فکر می‌کند همه‌چیز به هم ربط دارد. در سالن بزرگ آپارتمان آقای جرالد، از این سر تا سر دیگرش مثل کسی که کاری برای انجام دادن دارد قدم می‌زند. انگار دلیلی برای این کارش دارد، و تصویر آقای جرالد بر دیوار او را با نگاهش دنبال می‌کند. پشت پنجره، آسمان ابری خیابان پاسکال است و هوای سرد بی‌پایان، و دیگر هیچ. هیچ روشنایی‌ای. قاضی با خود می‌گوید: «دیر شده است.» و به‌سمت آینهٔ بزرگ روبه‌روی شومینه می‌رود. ماسک آویزانش را تنظیم می‌کند. «همه‌چیز در جزئیات است.» قاضی دیگر خودش را نمی‌شناسد. این اتفاق باید می‌افتاد و او هم خوب می‌دانست، و آگاهانه نخواسته بود به آن فکر کند، ترجیح داده بود این

امر بدیهی را نبیند. آقای جرالد با لبخندی که در تصویر محو شده است، همچنان به او نگاه می‌کند.

ساکنانْ بی‌دفاع مانده‌اند، یک گورستان. قاضی وارد هر خانه‌ای می‌شود و همه‌جا را وارانداز می‌کند. نه کسی هست که جلویش را بگیرد، نه دری هست که مانعش شود. او به تلخی با خود می‌گوید: «ما همه اعضای یک خانواده هستیم.» در طبقهٔ هشتم نور اتاق ژوزف توجهش را جلب می‌کند. ژوزف محو نقشهٔ ساختمانِ پهن‌شده‌اش روی زمین است، جذب صحنه‌پردازی جدید ساکنان. او سرایدار را در اتاق شمارهٔ یازده، بین سیمون ویدال و خانم پی‌یر قرار داده است، و قاضی را در خانهٔ آقای جرالد. اتاق نگهبانی خالی است، بدون سرایدار.

ژوزف قاضی را نمی‌بیند، اما قاضی فکر می‌کند که او وانمود به ندیدن کرده است. چیزی می‌افتد و ژوزف خودبه‌خود برمی‌گردد، اما کسی نیست. به راهرو می‌رود. سرایدار آرام و بی‌وزن به خواب رفته، اتاقش مثل خودش کوچک است. نمی‌تواند خانم پی‌یر را ببیند. او یک پردهٔ گل‌دار، که شاید گل رز باشد، به جای در نصب کرده است. پس به اتاقش برمی‌گردد، یک قدم به عقب می‌رود و می‌بیند که قاضی روی صندلی راحتی نشسته و منتظرش است.

رفت‌وآمد بی‌وقفهٔ همسایه‌ها در اتاق سرایدار، زندگی در طبقهٔ هشتم را دگرگون کرده است. با اینکه حتی بالا آمدن، از پایین رفتن دشوارتر است، خانم جنرال هر روز بعدازظهر، به وقت چای به آنجا می‌آید. خانم اشتاین همیشه دیر می‌رسد. به‌خاطر لباس پوشیدن، آرایش کردن و تبدیل شدن به آن زنِ روز ملاقاتش با آقای اشتاین. در همین حال، خانم جنرال با لحنی طعنه‌آمیز می‌گوید: «راستی در این سن‌وسال آرایش کردن خیلی مشکل‌تر است، ولی می‌تواند کمی زودتر شروع کند.» این حرف‌ها بر سرایدار تأثیری نمی‌گذارد. او منتظر می‌ماند تا خانم اشتاین هم از راه برسد تا به سیمون ویدال و خانم پی‌یر اجازه بدهد چای را سرو کنند. این دوتا هرکدام به‌نوبت سعی می‌کنند پذیرایی‌ها در اتاق شمارهٔ یازده به‌خوبی انجام شود. ژوزف که با بی‌تفاوتی به این قضایا نگاه می‌کند می‌نویسد: «همه‌چیز اینجا اتفاق می‌افتد.» ژوزف از زمان ظهور مورچه‌ها تاکنون با حضور قاضی در ساختمان و مشاهدهٔ آشفتگی‌اش و کناره‌گیری سرایدار بدون اینکه نگهبان دیگری بیاید، رسیدن یک خطر قریب‌الوقوع را احساس می‌کند.

ورود آلبرت جوان که به دلایل نامعلومی به تعویق افتاده است، خیال

ژوزف را راحت نمی‌گذارد. قاضی غرق و ناتوان در مدیریت ساختمان، درخواست کمک را به مقامات شهر ارسال می‌کند. درخواستی که «درحالِ مطالعه» است و پاسخ آن هنوز نرسیده. قاضی ترسیده است و از هرگونه تصمیم خودسرانه خودداری می‌کند. هیچ‌کس نمی‌داند که آیا باید به زدن ماسک ادامه داد یا نه؟ آیا می‌توان پنجره‌ها را باز کرد یا درها را دوباره سرِ جایشان گذاشت؟ فقط سرایدار بدونِ ماسک سر می‌کند. او از زمانی که آن را درآورده، هرگز دوباره آن را به چهره نزده است. سیمون ویدال فکر می‌کند که «باید مراقب باشیم و منتظر مجوز از مقامات بمانیم» و اینکه «سرفه‌های گاه‌به‌گاه و شبانهٔ سرایدار، مسلماً قابل‌تأمل است.» خانم پی‌یر می‌گوید که به ماسک خود عادت کرده و به آن وابسته است، می‌گوید که ماسک به پوست دومش تبدیل شده و وقتی آن را می‌زند احساس امنیت می‌کند. خانم اشتاین اما از ورود به این بحث‌ها خودداری می‌کند. او در تمام مدت با ماسک خود بازی می‌کند. آن را از صورتش کنار می‌کشد، به‌سمت موهایش می‌برد و دوباره برمی‌گرداند. این کار، خانم جنرال را آزار می‌دهد و متهمش می‌کند که می‌خواهد به هر قیمتی شده آرایش خود را به رخ بکشد. این وسط ژوزف همه را می‌شنود و چارهٔ دیگری ندارد. مذاکرات او با قاضی برای بازگرداندن درِ اتاقش بی‌فایده مانده است. او هم تصمیم می‌گیرد این کار را بدون اجازهٔ قاضی انجام دهد، و انجام می‌دهد. قاضی دیگر ارباب هیچ‌چیزی نیست. دیگر قدرتی ندارد و نمی‌تواند دستوراتش را تحمیل کند، انگار جای دیگری است و غایب. قاضی احساس می‌کند که همکارانش او را طرد کرده‌اند، دیگر او را نمی‌بینند. زندگی روزمره با «ساکنان» عینیت‌گرایی‌اش را ضعیف کرده است؛ اعتراف می‌کند که اقتدار سرایدار صرفاً به آسایشی محدود نمی‌شود که برای ساکنان به ارمغان می‌آورد. او با خود می‌گوید: «سرایدار یک مجموعه است.» و اذعان می‌دارد که در قبال او بی‌انصافی کرده است.

ژوزف بی‌آنکه بداند از این پس چه کسی مخاطب گزارش‌هایش است می‌نویسد: «این جلساتِ بعدازظهر در اتاق سرایدار که اکنون حیاتی به‌نظر می‌رسند، غریزهٔ بقا و میل به غلبه بر ترسی ریشه‌دار و تثبیت‌شده را پنهان می‌کند. آن‌ها نشانه‌های مقاومت عمیقی هستند و خبر رسیدن قریب‌الوقوع رویدادی خارق‌العاده را می‌دهند.» ملاقات غافلگیرکنندهٔ قاضی از سرایدار این ایده را تأیید و ژوزف را تشویق می‌کند تا به مشاهده‌های خود ادامه دهد و شهادت‌های خود را برای درک آینده از این ماجرای غریب بنویسد. دلسوزی ساکنان برای قاضی، آن‌ها را به‌طور قابل‌توجهی به هم نزدیک‌تر کرده است، به طوری که در انتظار ورود آلبرت جوان، از مشاورهٔ سرایدار، خانم پی‌یر و سیمون ویدال بهره‌مند می‌شود.

ژوزف فراموش شده است، درِ اتاقش هم. او در اتاق تنها و در سکوتی که دوباره پیدایش کرده روی تختخوابش دراز کشیده است و از آرامش و تنهایی‌اش لذت می‌برد. همسایه‌ها بیرون‌اند. ژوزف صدای گنگشان را می‌شنود، حتی صدای چند شلیک خنده را. یعنی دربارهٔ او صحبت می‌کنند؟ دربارهٔ درِ اتاقش؟ ژوزف فکر می‌کند، دیگر مهم نیست. آن‌ها به‌زودی پراکنده خواهند شد، و پراکنده هم می‌شوند. بعد نفس عمیقی می‌کشد و می‌گذارد با خستگی ملایمی، که او را با خود برده است، آرام بگیرد.

صدای عجیبی از درونش او را صدا می‌کند؛ صدایی از دور که برایش غریبه نیست. چشمانش را باز می‌کند و می‌نشیند. زمان عادت کردن به تاریکی چسبیده به پوست شب، نفس گرمی را احساس می‌کند که از آینه می‌آید. همه آنجا هستند، آن‌طرف دیگر آینه، مورچه‌ها. بی‌حرکت به او خیره شده‌اند و شاخک‌هایشان از هر طرف می‌رقصد. آن‌ها هستند که حرف می‌زنند، صدا از آن‌هاست و ژوزف حیرت کرده است. روی شکم

دراز می‌کشد و به‌سمت آینه می‌خزد. بی‌حرکت به تماشایشان می‌نشیند. دستش را روی آینه می‌کشد، نه تکان می‌خورند نه عقب می‌روند. از این پس با هم زندگی خواهند کرد. خوب می‌داند که آن‌ها از او مراقبت می‌کنند. انتخابش کرده‌اند. اوست منتخب آن‌ها. ژوزف متأثر می‌شود و می‌لرزد. سرش گیج می‌رود. پاها و دست‌هایش در همهٔ جهات می‌چرخند. صدای خسته‌ای از گلویش بیرون می‌آید و می‌لرزد. یک انفجار و یک گدازهٔ داغِ سفید از آتشفشان درونش بیرون می‌ریزد. صدا، صدایش می‌زند. ژوزف به خود بازمی‌گردد، به آن‌ها. آن‌ها برای بردنش آمده‌اند. او را به پشت خود می‌گذارند. ژوزف از سمتی به‌سمت دیگر می‌لغزد. آن‌ها همه‌جا هستند. روی کف اتاق، دیوارها، سقف و بدن، صورت، دست‌ها و بازوهای ژوزف را می‌پوشانند. ناگهان در باز می‌شود. نور کورکننده‌ای او را به داخل راهرو می‌کشد و گردبادی از تصاویر به چشمانش می‌تازد، و دیگر چیزی نمی‌بیند، هیچ‌چیز. طوفان است. آسمان می‌غرد. ابرها می‌دوند، و آن‌ها خورشیدی را که بدن و صورتش را پوشانده آشکار می‌کنند. چشم‌هایش را باز می‌کند و در خیسی اشک‌هایش تکرار می‌کند: «و نور شد.»

آلبرتْ جوانی قدبلند و چهارشانه با موهایی قهوه‌ای است. کم‌حرف است و وجودش نه‌تنها مایهٔ آرامش قاضی، بلکه برای ساکنانی هم که در خفا از نبود سرایدار رنج می‌بردند غنیمت است. جلسهٔ معرفی او بسیار کوتاه است. آلبرت جوان در مقابل گردهمایی‌ای که قاضی صورت داده بود، بلافاصله اجتماعات صبح یکشنبه را لغو می‌کند، دستور می‌دهد تا درها را دوباره کار بگذارند و هر صمیمیت و نزدیکیِ ساکنان با خود را منع می‌کند. آلبرت اینجاست تا کار کند و حیثیت ازدست‌رفتهٔ ساختمان و محله را بازگرداند. دستوراتش روی تابلوی اعلانات نصب خواهد شد و ساکنان موظف‌اند برای آگاهی از آن‌ها خود مراجعه کنند. امضای هریک زیر برگهٔ اعلانات اجباری و نشان‌دهندهٔ حضور او و مسئولیت‌پذیری‌اش است. پس از مشخص شدن این چند نکته، آلبرت جوان به اقامتگاه خود بازمی‌گردد و از ساکنان می‌خواهد به خانه‌های خود بازگردند. بسیار مؤدبانه نه جایی برای ادای احترام و تشکر باقی می‌گذارد و نه اجازه می‌دهد کسی سؤال‌هایی را مطرح کند که می‌داند بی‌شمارند. خانم جنرال شانه‌هایش را بالا می‌اندازد و چیزی نمی‌گوید. خانم اشتاین اما شیفتهٔ آلبرت جوان شده است. او به‌طور عجیبی شبیه شوهرش است. حتی سیمون ویدال

هم نظرش همین است. قاضی اما در سکوت همه‌چیز را نظاره می‌کند. ساکنان با اطمینان خاطر پراکنده می‌شوند و او هرچند از جدیت سرایدار جوان خوشش می‌آید، اما از بی‌نزاکتی او در قبال خود دل‌چرکین است. قاضی پیش از برگشتن به آپارتمانش فکر می‌کند که آلبرت او را هم یکی مثل بقیه می‌داند.

اثربخشی آلبرت جوان چشمگیر است. درها دوباره کار گذاشته می‌شوند، پنجره‌ها باز و ماسک‌ها برداشته و اولین دستورالعمل‌ها در تابلوی اعلانات نصب می‌شوند... همه فقط دربارهٔ او صحبت می‌کنند، دربارهٔ آلبرت. همه‌جا هست، اما از روزی که آمده هیچ‌کس او را دوباره ندیده است. خانم جنرال درباره‌اش می‌گوید: «نه اینکه بگویم شبح، ولی یک سرایدار نامرئی است.» شب‌ها آرام‌اند، زیرا او روی پوستری، هرگونه خروج بعد از نیمه‌شب را ممنوع اعلام کرده است. هیچ‌کس دلیل این «حکومت‌نظامی» را نمی‌داند و جرئت هم نمی‌کند از آلبرت سؤال کند. خانم اشتاین حین جلسهٔ چای بعدازظهر می‌گوید: «از آلبرت که نمی‌شه چیزی پرسید، انقدر رازداره.» این صمیمت بیش از اندازهٔ خانم اشتاین، خانم جنرال را بی‌تفاوت نمی‌گذارد. تأخیرهای تکراری او فرصتی است برای خانم جنرال تا انتقادهایش را شروع کند و آهسته‌آهسته تأثیر روی سرایدار بگذارد. درواقع آلبرت جوان، خاطرهٔ دوران گذشتهٔ سرایدار را در او بیدار می‌کند. زمان تغییر کرده است، سرایدارها هم. او با کنایهٔ خاصی به خود می‌گوید: «امروز کارایی حرف اول را می‌زند.» و آلبرت جوان واقعاً حضور مؤثری دارد.

قاضی که از موفقیت تشکیلات جدید راضی است، از مقامات عالی می‌خواهد که او را به پست قبلی خود برگردانند، اما نادیده گرفته شدن این درخواست او را در انتظاری دردناک قرار می‌دهد. او در آپارتمان آقای

جرالد، اگرچه جادارترین آپارتمان در ساختمان است، احساس خفگی می‌کند. احساس می‌کند که زندگی‌اش در مقام یک قاضی به پایان رسیده است. خود را مجبور می‌بیند که روزهایش را در اینجا به پایان برساند، در مکانی که بیش از هر زمان دیگری با او دشمن شده است. اقامت موقت او در این ساختمان که مورد تأیید و قدردانی رؤسایش قرار گرفته بود و اطرافیانش آن را شجاعانه توصیف کرده بودند، حالا مایهٔ رنجش شده است. ابتدا با لحنی تمسخرآمیز با خود می‌گوید: «زمان آن رسیده که همه‌چیز را از نو مرور کنم.» سپس به دلایلی که در آن لحظه برایش بدیهی به‌نظر می‌رسد، احساس می‌کند سرشار از شادی تقریباً کودکانه‌ای است. او برای بایگانی کردن این روزها، وقایع را همان‌طور که تجربه کرده است مرور می‌کند و روایت خود را از آن‌ها ارائه می‌دهد و می‌نویسد. در این زمینه حتی به گزارش‌های ژوزف که به‌نظرش «بسیار باارزش» هستند هم تکیه خواهد کرد. این بی‌شک رسالت او در تاریخ است. قاضی زمزمه‌کنان با خود فکر می‌کند که همه‌چیز با او یا بدون او، با دخالت یا بدون دخالت او هم به همین‌جا می‌رسیده است. لبخند آقای جرالد بر دیوار، عقیده و تصمیمش را تأیید می‌کند. او متزلزل دستی به موهایش می‌کشد و به آینه نزدیک می‌شود، جزئیات صورتش را بررسی می‌کند، به خودش لبخند می‌زند و ناگهان برمی‌گردد و به تصویر آقای جرالد خیره می‌شود. شباهت آن‌ها غیرقابل‌انکار است؛ لاغر و قدبلند با موهایی که به عقب شانه شده است. می‌ترسد و روی صندلی راحتی ولو می‌شود. در آینه به آقای جرالد خیره می‌شود و درحالی‌که نگاهشان به‌هم گره خورده است با همان حالت پریشان و سرگشته به خود می‌گوید: «همه‌چیز منطقی است.»

«ماری!» این صدای سرایدار است؛ صدایی که در راهرو و در ساختمان می‌پیچد و التماس می‌کند. ساعت از نیمه‌شب گذشته است و هیچ‌کس جرئت بیرون رفتن ندارد. ژوزف هم به انتظار در اتاقش نشسته است و بی‌آنکه حرکتی کند به این فریاد گوش می‌دهد. او همیشه می‌دانست که صداها دروغ نمی‌گویند. امروز یا فردا این اتفاق باید می‌افتاد. ژوزف می‌خواهد در را باز کند، اما منصرف می‌شود. پس گوش‌هایش را تیز می‌کند و صدای خانم پی‌یر را در راهرو می‌شنود که به سیمون ویدال می‌گوید: «هذیان می‌گوید.» خانم پی‌یر ضربان نبض بی‌قرار سرایدار را می‌گیرد؛ نبضی که نشانِ رنج پنهانی‌اش است. «ماری» در هر دم و بازدمی که با ناله از گلوی سرایدار بیرون می‌آید، بلند است. ژوزف منتظر می‌ماند که خانم پی‌یر و سیمون ویدال به اتاق‌هایشان برگردند. وقتی چشم‌هایش را باز می‌کند دیگر صدایشان را نمی‌شنود. با خود فکر می‌کند حتماً «دیروقت است» و ناخودآگاه از جایش بلند می‌شود و بی هیچ سروصدا و جلب توجهی، اتاقش را ترک می‌کند. سرایدار خواب است و آرام نفس می‌کشد، و مناجات خانم پی‌یر هنوز شروع نشده است. ژوزف به‌آرامی از پله‌ها پایین می‌رود. اتاق نگهبانی خاموش است. به‌سمت درِ

سرداب می‌رود، اما در دیگر نیست. او دیوارها را لمس می‌کند و به‌دنبالش می‌گردد، اما در دیگر نیست. انگار دیوار شده یا هرگز نبوده است. ژوزف با ترس برمی‌گردد و می‌بیند که دو سایه در اتاق آلبرت جوان حرکت می‌کنند. همان سایه است. سایه‌ای که در خانهٔ سرایدار حرکت کرده بود، سایهٔ ماری. ژوزف می‌خواهد در بزند، اما نیرویی او را از این کار وامی‌دارد و مجبورش می‌کند به اتاقش برگردد. به‌سرعت از هشت طبقه بالا می‌رود. حالا از اتاق خانم پی‌یر صدای خواندن دعا می‌آید. ژوزف به اتاقش می‌رود و در را می‌بندد.

مورچه‌ها آنجا هستند. آن‌طرف آینه با نگاهی پرسشگرانه منتظر ایستاده‌اند. می‌خواهند چیزی بگویند، منتظر دستوراتش هستند. شاخک‌هایشان تکان نمی‌خورد. سکوت است، خشن، درحالِ انفجار. همه‌چیز به ژوزف بستگی دارد، اما او صبر می‌کند. باید صبور بود. همان‌طور که برای قاضی و سرایدار این‌گونه بود. به‌زودی روز می‌شود و او دیگر تنها نیست. باید آماده شد، قیامت نزدیک است.

هوا خوب است. آسمان پاک و سرد است. نسیم سرد و ملایم شمالی، پنجرهٔ اتاق کوچکش را مثل کسی که ترسیده باشد نوازش می‌کند. ژوزف می‌لرزد و سرگیجه دارد. فریادهای سرایدار، شیاطین خفته را بیدار کرده است. تصاویر دور و نزدیک به‌هم گره می‌خورند، همه‌چیز در ذهنش مغشوش است. تنهایی‌اش اینجاست، و خاطرات شب‌های بی‌خوابی. ژوزف مطمئن است که ماری دارد انتقام می‌گیرد. او از وقتی دیگر در را برایش باز نکرد، همین کار را کرده است، و حالا ماری دوباره برگشته و اینجاست؛ اینجاست برای دیدن زندگی ویران و سقوط و ازهم‌پاشیدگی‌اش. ژوزف چشم‌هایش را بسته بود تا نبیند و خود را در گور بی‌تفاوتی دفن کرده بود. بیرون باید خیلی سرد باشد. او دیگر نه فصل‌ها را می‌شناسد، نه روزها

و نه شب‌ها را اما باید پیش برود. گذشته مرده و دفن شده است. با او یا بدون او، همه‌چیز اتفاق خواهد افتاد. همه‌چیز پوچ است و بدون او هم آب از آب تکان نمی‌خورد. هیچ موجی در دریا از حرکت نمی‌ایستد و هیچ پرنده‌ای پروازش را متوقف نمی‌کند. همیشه روز یا شب خواهد بود، شب‌ها شب و روزها روز باقی می‌مانند. چکاوک‌های بی‌گناه آواز خواهند خواند و پروانه‌های له‌شده خواهند مرد.

دوباره باید بلند شود و یک‌بار دیگر به بیرون، به آسمان نگاه کند. اتاق ژوزف کوچک است، حقیقت او هم. فرداها تارند و دیروزها نامرئی. او قرار نیست به عقب برگردد. چشم‌هایش را یک‌بار برای همیشه خواهد بست و تمام تردیدها و آرزوهایش را دفن خواهد کرد. دست از شکنجهٔ خود برمی‌دارد. اگر آنچه او زندگی می‌کند همان چیزی است که می‌خواهد، پس او زندگی می‌کند، زیرا آن را می‌خواهد. دیگر بالی ندارد تا در عظمت آسمان بالا برود و محو شود. دیگر نفسی برای فروبردن هوای پاک و بوی عشق ندارد.

دیگر به آخر رسیده است. بوی زمین را می‌شنود، نالهٔ ریشه‌های تشنهٔ درختان خشکیده را. رقص مردد سایه‌های بی‌اراده را می‌بیند، نقاشی تنهایی کلاغ بر شاخه‌های برهنه را در افق زودگذر کویر. ژوزف دیگر نیست. نه اینجا و نه جایی دیگر. دیگر نه ماری هست، نه سرایدار، نه قاضی و نه آلبرت. خانم پی‌یر نماز می‌خواند. روز شده، اما همچنان سرگرم مناجات است. شاید سرایدار درحالِ مردن باشد. مثل مگس که مرد... چند وقت است؟ حتی ژوزف هم تاریخ مرگ مگس را فراموش کرده است. سعی می‌کند بلند شود، اما پاهایش صاف نمی‌شوند و نمی‌تواند. با خود می‌گوید: «باید تشک را عوض کنم.» پای چپش را لمس می‌کند و بلافاصله دستش را برمی‌گرداند. پای راستش را لمس می‌کند، اما چیزی حس نمی‌کند. آن‌ها دیگر پاهایش نیستند. از تختخواب بیرون می‌آید و به

پشت روی زمین می‌افتد. روی شکمش می‌غلتد و به‌سمت آینه می‌رود. در آینه به خود نگاه می‌کند. هیچ‌کس نیست. چیزی نمی‌بیند. پس صورت، بینی و لب‌هایش را لمس می‌کند، اما هیچ اتفاقی نمی‌افتد و آن‌ها در آینه ظاهر نمی‌شوند. تصویر او شبانه ترکش کرده و از بین رفته است. آن‌ها تصویرش را گرفته‌اند. برای سرگرمی به چپ و راست می‌خزد، اما هیچ. به دیوار، پنجره، کتاب‌هایش و نامه‌های ماری نگاه می‌کند. می‌رود تا بلند شود، اما نمی‌تواند و تسلیم می‌شود. به زیر پنجره می‌خزد تا در پرتو خورشید ظهر که زمین را پوشانده است، گرما را احساس کند، اما نور کورش می‌کند. چشم‌هایش را می‌بندد و تسلیم خستگی بی‌خوابی شبانه‌اش می‌شود.

با صدای پاهایی که از راهرو می‌آید از خواب بیدار می‌شود و چشم‌هایش را باز می‌کند. صبح شده است. با خود می‌گوید: «روز بعد شده است.» خیلی خوابیده بود، اما دوست داشت بیشتر بخوابد و خودش بیدار شود. نه مثل حالا که همه در راهرو به این‌طرف و آن‌طرف می‌روند و با هم پچ‌پچ می‌کنند. اتفاقی درحالِ وقوع است. ژوزف با خود می‌گوید: «این سرایدار است.» خانم اشتاین فریاد می‌زند: «آلبرت می‌خواهد او را به طبقهٔ پایین ببرد.» اما او نمی‌خواهد برود به طبقهٔ همکف. آن‌ها سرایدار را می‌کِشند و می‌برند. ژوزف فکر می‌کند که آن‌ها به‌دنبال او هم می‌آیند و درِ خانه‌اش را بلند و بلندتر می‌زنند. پس درحالی‌که چشم‌هایش را به در دوخته، گوش‌هایش را می‌گیرد و زیر ضربات در و فریادها به خود می‌لرزد، اما همچنان نمی‌خواهد در را باز کند. ناگهان در دیگر تکان نمی‌خورد و او بعد از قدم‌هایی که دور می‌شود در سکوتی طولانی معلق می‌ماند.

آلبرت آن‌ها، پیکرها، را برگردانده است، برای برگزاری «مراسم وداع».

می‌خواهد گذشته را دفن کند. آن‌ها، فریادکنندگان، آنجا هستند، روی زمین دراز کشیده‌اند و تشخیص داده نمی‌شوند. دکتر موریس پژمرده شده است، خانم جنرال پشتش را صاف می‌کند و خانم اشتاین شوهرش را نادیده گرفته است و به آلبرت جوان که خوش‌تیپ‌تر از شوهرش هم هست توجه می‌کند و نگاهش را از بدن بی‌حرکت آقای اشتاین دور می‌کند. سرایدار دیگر نمی‌تواند بایستد. هیچ‌کس به او توجهی نمی‌کند و در کنار آقای جرالد دراز می‌کشد. با او زمزمه می‌کند: «با هم ورق را برمی‌گردانیم.» سرایدار متأثر است. صدای زمزمه‌ای می‌آید که می‌گوید: «بدبخت‌ها!» سرایدار چشم‌هایش را می‌بندد و کمی به آقای جرالد نزدیک‌تر می‌شود. آلبرت جوان دیگر آنجا نیست. او قبلاً رفته و بقیه هم مثل بچه‌یتیم‌ها به‌دنبال او می‌گردند. خانم اشتاین اولین کسی است که محل را ترک می‌کند. بقیه هم با بی‌تفاوتی او را دنبال می‌کنند و متفرق می‌شوند، و پیکرها در پایان این زمستان سرد، درازکشیده باقی می‌مانند. مأمورها نزدیک می‌شوند و آن‌ها را که حالا چهار نفر هستند با خود می‌برند.

ژوزف با خود فکر می‌کند که آلبرت جوان عصبانی است و به دنبالش می‌آید. باید از عصبانیت و سکوتش ترسید. او وانمود می‌کند که برایش مهم نیست و او را نادیده می‌گیرد. مراقب صدای قدم‌هایش است و صدای قدم‌هایی می‌آید که صدای قدم‌های او نیست. شاید قدم‌های خانم پی‌یر یا سیمون ویدال باشند. آلبرت هیچ‌وقت بیهوده به طبقهٔ هشتم نمی‌آید. اما مورچه‌ها آنجا هستند؛ دوستانش که تصویرش را دزدیده‌اند. آمده‌اند او را از آنجا ببرند. آن‌ها می‌خواهند او را به تصویر خود برگردانند، به خودِ دیگرش، و یک‌صدا به او می‌گویند: «تو که نمی‌خواهی بی‌تصویر بمانی؟» او مقاومتی نمی‌کند. اصلاً نمی‌تواند مقاومت کند، زیرا به مقاومت فکر کرده است. فکر کردن فلج می‌کند. همین افکارش بود که پاهایش را هم

فلج کرد. افکار قدرتمندند، درست مثل دوستانش. آن‌ها هم محکم و قوی هستند و در ستون‌های منظمی از آینه بیرون می‌آیند و همهٔ بدنش را می‌پوشانند. برخی قلقلکش می‌دهند و او ابتدا آرام و بعد بلند و بلندتر می‌خندد. بدنش از هر طرف تکان می‌خورد، برخی سقوط می‌کنند و بعد دوباره بالا می‌روند. نه عصبانی می‌شوند و نه سرزنشش می‌کنند. آن‌ها دوستانش هستند. دوستان واقعی که عصبانی نمی‌شوند. او می‌خندد. آن‌ها نگهش داشته‌اند، گیرش انداخته‌اند و دیگر نمی‌تواند تکان بخورد. دیگر نمی‌تواند با دهان باز بخندد. در گلویش می‌خندد و فریاد می‌زند. حرکت می‌کند، اما این او نیست که حرکت می‌کند. آن‌ها می‌برندش. چشم‌هایش را که می‌بندد، همه روی صورتش هستند. پاهایش دیگر در اتاق نیستند و آن‌طرف آینه‌اند. او را به‌آرامی و بااحتیاط و احترام می‌کِشند. آن‌ها انتخابش کرده‌اند و صدمه‌ای به او نمی‌زنند. به باسنش هم همین‌طور. او در همین وضعیت هم به اندام جنسی‌اش فکر می‌کند. آن‌ها به‌آرامی می‌روند و او دیگر پاها، باسن، آلت تناسلی، دست‌ها، لب‌ها و صورتش را احساس نمی‌کند. نیروی قدرتمند و آرامش‌بخشی او را همچون گردابی که از هر طرف می‌چرخد به خود فرومی‌کشد، سبک و بی‌وزن، اینجا جای دیگری است. خنک و مرطوب و بی‌انتها.

ژوزف برمی‌گردد و اتاقش را می‌بیند؛ خودش را که روی تختخواب خوابیده است. ترسیده، با بدنی خشک و صورتی درهم‌رفته خوابیده است و به قدم‌های آلبرت فکر می‌کند. مورچه‌ها او را به پشت می‌کِشند و می‌برند. او حالا پرواز می‌کند و اوج می‌گیرد و شهر کوچک و کوچک‌تر می‌شود. صداها فروکش می‌کنند، به‌سرعت ناپدید می‌شوند. حدس می‌زند که آنجا خیابان پاسکال است، و قاضی در آپارتمان آقای جرالد، و گورستان، و خیابانی که در امتداد آن قرار دارد. ترسیده است؛ دوست ندارد ببیند. سرش را پایین می‌اندازد و چشم‌هایش را می‌بندد، اما از اینجا همه‌چیز را می‌بیند،

حتی با چشمان بسته و سری پایین یا برگشته. او دیگر نمی‌تواند از دیدن فرار کند. از اینجا همه‌چیز پیداست، همه‌چیز. حالا آن‌ها پایین می‌آیند. سقوط گیج‌آور است. ماری آنجاست، پشت پنجرهٔ خاموشش. پیراهنی با حاشیهٔ سفید پوشیده است و به آسمان نگاه می‌کند. او آسمان را دوست دارد. گفته بود همیشه چیزهایی در آن می‌بیند. پس به آسمان نگاه می‌کند و مطمئن است که چیزی می‌بیند. حالت صورتش تغییر کرده است. ژوزف نگاه او را می‌شناسد، و تمام اجزای صورتش را. نگاهشان به هم پیوند می‌خورد؛ چیزی درحالِ رخ دادن است. ضربان قلبش را احساس می‌کند. ناگهان سنگینی بدنش را احساس می‌کند. دوستانش دیگر آنجا نیستند. رفته‌اند و او را تنها گذاشته‌اند. در سقوط، فقط چشم در چشم ماری است.

حالا ماری وارد می‌شود. از اتاقش بیرون رفته و از راه نشیمن امتداد راهرو را گرفته است تا به در برسد و آن را باز کند. یکی ابتدا آهسته و بعد تندتر به در می‌کوبد، و ماری آنجاست، پشت در. برای لحظه‌های طولانی مردد می‌ماند و در را باز نمی‌کند. می‌زند زیر گریه و به قدم‌هایی که دور و از حافظه‌اش محو می‌شوند گوش می‌دهد. در سکوت فرومی‌رود؛ سکوت‌هایی که هرگز خالی نبوده‌اند.

این آلبرت نیست، بلکه قاضی است که به دیدن ژوزف آمده. آمده تا بگوید دلش برای گزارش‌هایش تنگ شده است، و بپرسد که «به یاد روزهای خوب گذشته» آیا حاضر است چند گزارش دیگر برایش بنویسد؟ قاضی می‌گوید که گزارش‌های او نه‌تنها همیشه خوب و متفاوت بوده، بلکه همواره از او هم محافظت کرده، زیرا آزادی او از زندان به این راحتی‌ها هم نبوده است. ژوزف چیزی نمی‌گوید. قاضی یک‌نفس حرف می‌زند و

دوباره می‌گوید که گزارش‌های او را می‌خواند و دوباره می‌خواند، هرچه بیشتر آن‌ها را می‌خواند، بیشتر دلتنگشان می‌شود. آن‌ها باعث می‌شوند به اشتباه‌ها و توهماتش پی ببرد. قاضی ناگهان مثل کسی که او را زیر نظر دارند، به‌طرز مشکوکی به تصویر خود در آینه خیره می‌شود. ژوزف حیرت‌زده حرکات قاضی را زیر نظر دارد. او به آینه نزدیک می‌شود و هرچه نزدیک‌تر می‌شود تصویرش دورتر می‌رود. ژوزف مورچه‌ها را می‌بیند که خیال دارند تصویر قاضی را بدزدند، اما او با اطمینان خاطر دوباره به‌سمت ژوزف برمی‌گردد و روزنامهٔ عصر را از جیبش بیرون می‌آورد. همچنان نگاهی محتاطانه به اطرافش می‌اندازد، می‌نشیند، پوزخند می‌زند و با لحنی شیطنت‌آمیز و با صدایی بلند می‌خواند: «هوای جدیدی در خیابان پاسکال درحالِ وزیدن است. زمستان به پایان می‌رسد و بهار در راه است. ما به خون جدیدی نیاز داشتیم...» قاضی خواندن را متوقف می‌کند و به ژوزف که هنوز چیزی نمی‌گوید نگاه می‌کند و ادامه می‌دهد: «چه عظمت روحی، چه ظرافت ذهنی‌ای، چه اصالت رویکردی... آلبرت جوان امید جدید خیابان پاسکال است.»

قاضی با عصبانیت روزنامه را پرتاب می‌کند و فریاد می‌زند: «باید جواب داد! هان؟» بعد، انگار خودش از صدای خودش و از آن «هان» کوتاهی که نمی‌توانست مال او باشد تعجب کرده، با کشیدن دستی به موها، خود را جمع می‌کند و به ژوزف که «خوشبختانه» صدایش را نشنیده نگاه می‌کند. ژوزف اما غایب است. او در بازی دوستانش با تصویر قاضی غرق شده است و انگار جای دیگری است. قاضی حیرت‌زده از این رفتار گستاخانه، نگاه ژوزف را دنبال می‌کند و به تصویر خود در آینه می‌رسد. او به‌جز شرایط پوچ و احمقانه‌ای که در آن قرار گرفته است، هیچ‌چیز مضحکی نمی‌بیند. خشمی که از صورت قاضی در اتاق می‌بارد، ژوزف را به واقعیت باز می‌گرداند. او درحالِ تماشای چهرهٔ عصبانی قاضی

می‌گوید: «مورچه‌ها.» قاضی یک قدم به عقب برمی‌دارد و خشمش تبدیل به نفرتی بی‌اندازه می‌شود. او در این جوابِ ژوزف غروری را می‌بیند که حاصل موقعیت رقت‌انگیز خودش است، اما نمی‌تواند چنین شرارت‌هایی را بی‌پاسخ بگذارد و چنین تحقیرهایی را تحمل کند، و می‌گوید: «هرچیزی حدی دارد. خطِ قرمزها شکسته شده است.» و با حرکتی سریع گردن ژوزف را می‌گیرد. انگشت‌ها در گوشتش فرومی‌روند. قاضی غیرقابل‌کنترل شده است و تمام خشونت‌ها و تحقیرهایی که از آن ماجرای فریاد تا به امروز متحمل شده، اکنون از انگشتان لرزانش بیرون می‌ریزد. تحقیرهایی که در مأموریت نهایی خود به‌دنبال خفه کردن ژوزف هستند. ژوزف که فلج شده است، سعی می‌کند توجه قاضی را به مورچه‌ها جلب کند که با سرعتی سرسام‌آور در اتاق پراکنده می‌شوند. قاضی وحشت‌زده ژوزف را رها می‌کند. در را باز می‌کند و در راهرو فرار می‌کند. مورچه‌ها همه‌جا هستند. همسایه‌ها هم. از طبقهٔ همکف تا طبقهٔ هشتم. قاضی مثل مردی جن‌زده می‌دود. بالا و پایین می‌رود و از ترس و شادی فریاد می‌زند. مقامات او را به اشتباه متهم کرده‌اند، آن‌ها اینجا بودند، آن حیوانات موذی.

هیچ‌کس به قاضی توجه نمی‌کند. توجه همه به این حضور غریب مورچه‌ها جلب شده است. به‌راستی که دیدن این‌همه مورچه در کنار هم خیلی غریب است، اما اعتماد در فضا حاکم است. «بی هیچ ترس و وحشتی. جمعیت به آلبرتش اعتماد دارد» این را م.ش در شمارهٔ فوق‌العادهٔ روزنامهٔ عصر نوشت. «چه آینده‌نگری‌ای! چه استادی و خونسردی‌ای! دشمن نامرئی که مدت‌هاست زندگی شهروندان ما را در خیابان پاسکال مختل کرده است و خود را از هر خطری در امان می‌پنداشت، سرانجام در روز روشن خود را نشان می‌دهد. نمی‌دانست که آلبرت جوان و شجاع اینجاست که برای همیشه نابودش کند. جایی که همه شکست خورده‌اند، آلبرت موفق خواهد شد. آلبرت بزرگ است. خوب به او نگاه کنید. او

آلبرت کبیر است.»

این‌ها مورچه‌های ژوزف نیستند. مورچه‌های او آنجا منتظرش ایستاده‌اند. او در روزنامهٔ عصر از روی سرگرمی به عکس بزرگ آلبرت در مقابل کوه اجساد «این دشمنان نامرئی» نگاه می‌کند، به پایان غم‌انگیز قاضی می‌اندیشد و برای نبرد بزرگ آماده می‌شود. صدایی درونی به ژوزف می‌گوید: «بهتر است به‌جای تلف کردن زمان برای فتح پادشاهی‌های کوچک، در برابر «آلبرت کبیر» خود را به خطر بیندازیم.» صدایی که شاخک‌های به آینه چسبیدهٔ دوستانش آن را تشویق می‌کنند. روز قیامت اعلام می‌شود.

٣

دیروقت است و ژوزف نخوابیده است. منتظر است. او در گودی تختخوابش، غرق در تاریکی، در برابر خواب ویرانگر مقاومت می‌کند. مورچه‌ها، دوستانش، معمولاً دیر نمی‌کنند. آن‌ها منتظر پایان شب و بیداری روز هستند. رمز عبورشان ساعت آبی است. ژوزف مدام آن را با خود تکرار می‌کند تا بتواند چشم‌هایش را باز نگه دارد و مثل دیروز خوابش نبرد. مثل تمام آن شب‌های گذشته که می‌گذاشت با دعاهای خانم پی‌یر آرام بگیرد و خوابش ببرد. چشم‌هایش بسته می‌شوند، اما مقاومت می‌کند و به پنجره می‌نگرد. شب ساختمان را در خود گرفته است؛ شبی که به‌طرز عجیبی زلال است. ژوزف می‌داند که امشب است. چیزی درحالِ مهیا شدن است. یک اتفاق بزرگ که نمی‌داند چیست، اما جز این هم نمی‌تواند باشد. نابودی حتمی است، پایان نزدیک است، او دروغ‌ها را عریان و حقیقت را برقرار می‌کند. «تو خوب می‌دانی ژوزف. این مأموریت توست. آن‌ها تو را انتخاب کرده‌اند. تو منتخب آن‌هایی. این صدا را به حافظه بسپار.»

ستاره‌ای به‌دنبال پرتویی نورانی وارد فضای پنجره می‌شود. ژوزف نیم‌خیز می‌شود، حیرت‌زده. ستاره از سمت چپ پنجره می‌آید، اما به

وسط که می‌رسد یخ می‌زند. ژوزف با تعجب به آن خیره است و ناگهان وحشت می‌کند. منتظر می‌ماند تا نور از سمت راست پنجره بیرون برود و ناپدید شود، اما نور تکان نمی‌خورد و همان‌جا وسط پنجرهٔ یخ‌بسته می‌ماند؛ ستاره‌ای با دنباله‌اش که انگار نخی از آتش است. ژوزف چشم‌هایش را می‌مالد و هیچ. دلشوره حمله می‌کند و ستاره همچنان آنجاست. «ماری!» ژوزف مطمئن است که او هم ستاره را می‌بیند، که او هم مثل خودش با چشمانی باز دارد نگاه می‌کند. ماری آسمان را دوست دارد. خانم پی‌یر درحالِ مناجات است. ماری پنجره را ترک نمی‌کند. نگاهش را از خیابان می‌گیرد و به دیوار قبرستان می‌اندازد و بعد به آسمان می‌برد. ماری حیرت‌زده است و می‌داند که ژوزف تماشایش می‌کند و به او فکر می‌کند. ژوزف روی تختخوابش تکان می‌خورد و دوستانش برای بردنش از راه می‌رسند. مقاومت می‌کند و می‌خواهد پیش ماری بماند، اما خیلی دیر شده است. بدنش سبک می‌شود. هیچ نشده آن‌طرف آینه هستند. همه‌چیز خیلی سریع پیش می‌رود. زندگی‌اش، گذشته و حال، با سرعتی سرگیجه‌آور از جلوی چشمانش می‌گذرد. دوستانش وقت تلف نمی‌کنند. و زمان معلق است، ایستاده و یخ‌بسته. ژوزف سردش می‌شود و می‌لرزد. ناگهان با یک تکان، آن‌ها وسط یک توپ نورانی قرار می‌گیرند. همه آنجا هستند، قاضی، در جایگاه قاضی برتر، آقای جرالد، دکتر موریس و آقای اشتاین. ژوزف دنبال سرایدار می‌گردد، او اما نیست. هیچ‌کس آن‌ها را نمی‌بیند و به آن‌ها نگاه نمی‌کند. یک نیروی نامرئی وادارشان می‌کند به دور قاضی بچرخند، بی‌هیچ صدایی. این صدای سکوت نیست، صدای انتظار است. چیزی غیرمعمول درحالِ رخ دادن است. دو نگهبان، سرایدار را می‌آورند. معلوم است که رنج می‌برد. سرش را میان دست‌هایش گرفته، لب‌ها و پاهایش می‌لرزند. سیاهیِ چشم‌هایش گم شده است، چشم‌های دوارش در حدقه‌شان گم شده‌اند، و همه‌چیز

متوقف می‌شود. او و دوستانش همگی به هوا پرتاب می‌شوند. نگهبانان، سرایدار را جلوی قاضی می‌کشانند. همهٔ نگاه‌ها به بازوهای قاضی است. ناگهان دو مار گرسنه از آستین لباس قضاوتش بیرون می‌زند و آتش از دهانشان می‌بارد. مارها با اشارهٔ قاضی خود را روی سرایدار می‌اندازند و در چشم‌هایش فرومی‌روند. صورت قاضی از درد شعله‌ور می‌شود. شعله‌ای از دهانش بیرون می‌آید و در عبور، سرایدار را فرامی‌گیرد. صدای انفجاری بلند می‌شود. ژوزف می‌شنود: «ماری». گردوغباری کورکننده در فضا پخش می‌شود. آقای جرالد، دکتر موریس و آقای اشتاین فریاد می‌زنند: «او بی‌گناه نیست. مجرم است.» و توپی نورانی به‌دنبال باریکه‌ای قرمز و آتشین در آسمان اوج می‌گیرد. ژوزف فریاد می‌زند: «ماری.» همه‌چیز به لرزه درمی‌آید؛ اتاقش، ساختمان. ساعت پنج‌وبیست‌وپنج دقیقهٔ صبح است. خانم پی‌یر با هق‌هق گریه می‌کند و صدای رد پایی در راهرو می‌آید. همسایه‌ها همه آنجا هستند، در طبقهٔ هشتم، پشت درِ اتاق ژوزف. هیچ‌کس حرف نمی‌زند و جرئت در زدن هم ندارد. سیمون ویدال با صدایی پریشان می‌گوید: «باید منتظر آلبرت باشیم.» ژوزف همه را می‌شنود. چشم‌هایش را باز می‌کند. ستاره رفته است و دیگر آنجا نیست. پنجره را جا گذاشته و رفته است. ژوزف، خسته، زمزمه می‌کند: «ماری.» دلش می‌خواهد بخوابد. سرش را روی سینه‌های ماری می‌گذارد و با گوش دادن به ضربان قلبش به خواب می‌رود.

ژوزف حضور ناخوشایند انگشتانی را در گلویش احساس می‌کند. بااحتیاط چشمانش را باز می‌کند. انگشتان دو محقق جوان هستند که رویش خم شده‌اند و به‌دنبال آثار به‌جا مانده از فریاد می‌گردند، بر دهانی که کش آمده و هیچ‌وقت این‌قدر باز نبوده است. یکی عصبانی می‌شود و دیگری بازترش می‌کند. آن دو پس از تلاش‌های زیاد و طولانی با پیشانی‌های عرق‌کرده و خسته، از بدن ژوزف دور می‌شوند و او را با دهانی باز و دریده‌شده تنها می‌گذارند. ژوزف سعی می‌کند لب‌هایش را به‌هم برساند و دهانش را ببندد، اما نمی‌تواند و درنهایت تسلیم می‌شود. با خود فکر می‌کند که خودش بسته خواهد شد، هرچند زیاد هم مطمئن نیست.

فریاد ژوزف قطعاً یادآور خاطرات قدیمی است، اما تأثیر برد آن، به‌دلیل سن جوانش، کل شهر را تکان می‌دهد. وحشت همه‌جا را فرا گرفته است. این چند جملهٔ موجز، اما صادقانه از م.ش که اعتبارش از زمان قصه‌های عاشقانهٔ خیابان پاسکال خدشه‌دار شده گواه این است. او با قلمی صریح می‌نویسد: «امروز فریاد به جوانان شهرمان رسیده است. چگونه می‌توانیم در قبال ظهور مرموز این بلا که از صبح روز بیستم فوریه

آسمان زندگی‌مان را تاریک کرده بی‌تفاوت بمانیم. ناتوانی مقامات شهری و بن‌بستی که محققان مرکز علمی در آن قرار گرفته‌اند، نشان می‌دهد که ما ریشه‌های این پدیده را نمی‌بینیم. آیا فریاد ژوزف می‌تواند ارتباطی داشته باشد با شیء عجیبی که دیشب در آسمان شهر ظاهر شد؟ آیا نباید حقیقت را بگوییم؟ آیا همچنان باید تماس‌های متعدد از آسمان را نشنیده بگیریم؟ آیا فریاد ژوزف پیام آخری نیست که باید به آن احترام بگذاریم؟» از گزارش م.ش، دست و دل آدم به لرزه می‌افتد.

عکس بزرگ ژوزف با دهانی باز روی تختخوابش، صفحهٔ اول روزنامه را پوشانده و موجی از همدردی، شفقت و حمایت را در میان مردم جاری کرده است و همه عجله دارند او را از نزدیک ببینند، و پروفسور برنارد حرکت مردم را این‌گونه توجیه می‌کند. «برای خنثی کردن ترس‌های خود.»

صفِ مردمِ جلوی ساختمان شمارهٔ یازده خیابان پاسکال، روزبه‌روز شلوغ‌تر می‌شود و خانم جنرال با نگاهی مثبت به این بسیج عمومی می‌گوید: «ما باید سازمان‌دهی کنیم.» او به آلبرت جوان اصرار می‌کند، «این فرصت خوبی برای ما و ساختمانمان است.» و او را تشویق می‌کند تا از مهارت‌های قاضی برای ایجاد یک سیستم فروش بلیت استفاده کند که مطابق با قوانین جاری باشد. خانم جنرال محرمانه به آلبرت می‌گوید: «زمان تغییر کرده. باید گذشته را دفن کنیم و از آینده استقبال.»

م.ش همه را گزارش می‌دهد. اهالی محله از صبح تا شب از تماشاگرانی که هر روز بر تعدادشان افزوده می‌شود به گرمی استقبال می‌کنند. پذیرفته‌شدگان شمارش می‌شوند و ارقام به‌منظور شفافیت، در روزنامهٔ عصر منتشر می‌شود. همگی با خوشحالی و با کمال میل نقش خود را کاملاً حرفه‌ای و با قاطعیت ایفا می‌کنند. خانم پی‌یر و سیمون ویدال، دست در دست هم از بازدیدکنندگانی پذیرایی می‌کنند که پس از ساعت‌ها انتظار سرانجام به طبقهٔ هشتم رسیده‌اند. اتاق سرایدار به اتاق

انتظار تبدیل شده است. زمان بازدید کوتاه است و هر بازدید هم فردی است. گاهی خانم پی‌یر و سیمون ویدال برای بازدیدکنندگان توضیح می‌دهند که «ما نباید برای محققان جوانی که شب و روز در تلاش‌اند تا تمامی حرکات پرتنشِ اعماق گلو و زبان کوچک ژوزف را ثبت کنند مزاحمت ایجاد کنیم.» درواقع باید موقع دیدن ژوزف از نزدیک نگاهی به گلوی او بیندازید، منشأ فریاد را «ببینید»، و روی صندلی کنار تختخوابش که برای این منظور، برای یکی از محققان قرار داده شده است، عکسی بگیرید و جای خود را به بازدیدکنندهٔ بعدی بدهید. به‌رغم این لحظه‌های طولانی انتظار، همهٔ کسانی که تابه‌حال فرصت دیدار او را داشته‌اند، می‌گویند که تحت تأثیر قرار گرفته‌اند و از سازمان‌دهی بی‌عیب و نقص پذیرایی راضی هستند. شهادت هر بازدیدکننده در آرشیو ثبت می‌شود. م.ش در طبقهٔ چهارم و در خانهٔ خانم جنرال، که دفتر مرکزی‌اش است، برای گفت‌وگو، آن‌ها را می‌پذیرد، و این نزدیکی با او به خانم جنرال اجازه می‌دهد تا هر لحظه، دوران شکوه خود یعنی قصه‌های عاشقانهٔ خیابان پاسکال را دوباره زنده کند. هنوز هم عدهٔ زیادی عکس خانم جنرال را روی صفحهٔ اول شمارهٔ ویژهٔ اختصاص داده‌شده به اولین سالگرد فریاد آقای جرالد به یاد دارند. عکس‌های خانم جنرال که با دقت انتخاب شده و روی دیوار در راهرو آویزان شده است، پایان هر بازدید را زیباتر می‌کند و شهروندان متأثر و درعین‌حال خوشحال از اینکه احساساتشان را با ساکنان این ساختمان بداقبال به اشتراک گذاشته‌اند، خیابان پاسکال را ترک می‌کنند.

تعداد بازدیدکنندگانِ خیابان پاسکال به‌سرعت از تعداد شهروندان جلو می‌زند و حساب‌های این ساختمان که به‌طور مشترک، آلبرت جوان و قاضی، آن را اداره می‌کنند و چندین‌بار از طریق شرکت مشاور برجستهٔ

شهر نیز بررسی می‌شود، موفقیت روزافزون این پدیده را تأیید می‌کند. پیش‌بینی‌ها شور و شوق واقعی مردم را برای این بازدیدها بیشتر می‌کند. شایعهٔ منشأ آسمانی این فریاد با سرعتی سرسام‌آور پخش شده است. مقامات با اشتیاق آماده می‌شوند و تمام تلاش خود را برای استقبال از بازدیدکنندگان انجام می‌دهند. تعداد قابل‌توجهی از مردم با لباس‌های غیرنظامی اکنون امنیت مسافرانی را که از شهرهای دیگر و از راه دور می‌آیند تضمین می‌کنند. در شرایط عادی، این رفتار مقامات، جامعهٔ علمی را، که دشمن هر نوع تفکر غیرعلمی است، قاعدتاً آزار می‌داد. اما سکوت این جامعه برای برخی نشانهٔ پذیرش روایت مقامات از این پدیدهٔ خارق‌العاده است. این‌گونه است که م.ش با خیال راحت و امنیت تمام، از کلمات سنگین و بامعنایی مانند «زائران» برای تعیین بازدیدکنندگان یا کلمهٔ «مأمن مقدس» برای صحبت از ساختمان خیابان پاسکال استفاده می‌کند. هیچ‌یک از این‌ها نه‌تنها تعجب‌آور یا مورد مناقشه نیستند، بلکه برعکس، این زبان جدید، پذیرفته‌شده و به‌سرعت درحالِ گسترش است.

ژوزف زنده است. یک معجزه است. محققان جوان نشانه‌های مرموزی از یک زندگی درونی را در او کشف کرده‌اند. صدای ریز زبان کوچک او با هر دعایی که از خانم پی‌یر به گوش می‌رسد اعجاب‌انگیز است. آن‌ها به آلبرت جوان و قاضی توضیح می‌دهند: «دیگر هیچ شکی نیست که به صدای خانم پی‌یر است که زبان کوچکش واکنش نشان می‌دهد.» هیجان بزرگی است. خانم پی‌یر دگرگون شده است. ژوزف، این برگزیدهٔ آسمانی، صدای او را شنیده است و به آن واکنش نشان می‌دهد. خانم پی‌یر مورد احترام همسایه‌ها و به‌ویژه سیمون ویدال که از این پس «جسم و روحش خواهد بود» قرار می‌گیرد.

با موافقت مسئولان این خبر به اطلاع عموم می‌رسد و هیجان به هر شهر، هر خانه و هر قلبی نفوذ می‌کند. همه‌جا صحبت از ژوزف، معجزه و نیایش‌های خانم پی‌یر است. م.ش که رسماً وقایع‌نگار مأمن مقدس شده است می‌نویسد: «زائران برای بازدید یا دیدن دوبارهٔ کسی که زندگی‌شان را زیرورو کرده است و زین پس راهشان را روشن می‌کند عجله دارند.» اما پروفسور برنارد در مقدمهٔ اثر بزرگ خود نشانه‌های جنون متداول، به «نیاز به تحقیق جدی دربارهٔ ظهور این پدیدهٔ خارق‌العاده» می‌پردازد. او همچنین

می‌خواهد اتاق فکری تشکیل شود و به‌طور اختصاصی به زندگی ژوزف بپردازد، و در همین رابطه می‌نویسد: «باید دفترچه‌های او، گزارش‌هایش به مقامات که نشان از نگاه حساس و دوراندیش او به همنوعانش است و درنهایت مکاتبات دلخراشش با ماری را مطالعه کنیم.» سخنان پروفسور به‌خاطر نادر بودنشان در مقایسه با مقاله‌های روزانهٔ م.ش تأثیر بیشتری بر جمعیت مردم می‌گذارد. خونسردی همیشگی او و پرهیز از هرگونه احساس در بیانیه‌های رسمی‌اش، نوشته‌هایش را قابل‌قبول‌تر می‌کند. او از این امر آگاه است و از آن برای تثبیت افکار خود استفاده می‌کند. «ژوزف به قلب همهٔ شهروندان نفوذ کرده است. او همان کسی است که همه دوست دارند باشند، اما هیچ‌کس نمی‌خواهد بشود. ژوزف تناسخ رنج همگان است، نَفَس و امید است. راهی که رفته، راه کمی نیست. از رنجی تا رنج دیگر، از تنهایی تا گوشه‌نشینی. او هرگز عشق ماری را ترک نکرد... ژوزف تمام نشانه‌های یک قدیس را در تخیلات جمعی دارد.» نوشته‌های پروفسور شور افسار گسیختهٔ م.ش را شعله‌ور می‌کند. می‌گوید: «آنچه همهٔ ما به آن فکر می‌کنیم، اما هنوز جرئت گفتنش را نداشته‌ایم، اکنون آن را می‌گویم و فریاد می‌زنم. بله، ژوزف یک قدیس است.»

بعضی‌ها در صف‌های انتظار می‌گویند: «ظهور یک قدیس بی‌دلیل نیست. او جست‌وجو کرد و ریاضت کشید و شنیده شد... فریاد نشانهٔ رهایی از همهٔ عذاب‌های اوست.»

آخرین خبرهای منتشرشده، باورهای پنهانی مردم را تحریک می‌کنند. آن‌ها ترس‌های قدیمی، پرسش‌هایی دربارهٔ زندگی، معنای هستی و نتیجهٔ یک زندگیِ فقط برای خود را در آن‌ها بیدار می‌کنند. پیرزنی با اعتمادبه‌نفس به پیرزن دیگری برای کوتاه کردن زمان انتظار در صف می‌گوید: «ما آن‌قدر در خودمان غرقیم که جایی برای دیگری نیست.» دیگری اشاره می‌کند که خوب نمی‌شنود و با کمک دست لرزانش، که گوشش را جلو می‌آورد، پیرزن را مجبور می‌کند چندین‌بار حرفش را تکرار کند. پیرزن تقریباً فریاد می‌زند و هر بار جمله‌اش را کوتاه‌تر می‌کند. کسانی که در صف نزدیک آن‌ها ایستاده‌اند، نگاهشان را با پوزخندی بر لب برمی‌گردانند. جو سنگین می‌شود. پیرزن عصبانی و آشفته دوباره تکرار می‌کند. تنِش بالا می‌گیرد و شوهر دیگری، که تقریبا هم‌سن‌وسال اوست، اما شنوایی بهتری دارد دخالت می‌کند. چندین‌بار حرف پیرزن را برای زنش تکرار می‌کند. شوهر بدون نگاه کردن به پیرزن می‌گوید: «می‌گه ما همه تنها هستیم.» پیرزن

اول با تعجب، شوهر را نگاه می‌کند که چگونه حرفش را این‌چنین مثله کرده است. بالاخره زنش می‌شنود، اما عکس‌العملی نشان نمی‌دهد. پیرزن اولی سرخورده همراه با نفرت است. همهٔ این تلاش‌هایش برای هیچ؛ فقط یک «پوف». «آن‌وقت از خودمان می‌پرسیم که چرا...» اما جمله‌اش را تمام نمی‌کند. آن پیرزن دیگر تنفر او را احساس می‌کند؛ او تا اینجا نیامده است که این شرایط را به او تحمیل کنند. از شوهرش می‌پرسد: «چه می‌گوید؟» شوهر هم جواب می‌دهد: «هیچی. کسی از او نخواسته که حرفی بزند.» بقیه بی‌آنکه به بحث دعوت شوند دخالت می‌کنند برای اینکه موضوع را عوض کنند، و هرکدام به نقل از دوست و آشنا چیزی می‌گویند. یکی درحالی‌که سرش را تکان می‌دهد می‌گوید: «زمان تغییر کرده است.» دیگری می‌گوید: «ما سزاوار زندگی‌ای که داریم هستیم.» این نوع بحث‌ها معمولاً به‌طور منظم در صف اتفاق می‌افتد. زمان انتظار طولانی است. بیرون از اتاق شمارهٔ سیزده در طبقهٔ هشتم، شهروندان فرصت دارند به یکدیگر بنگرند، یکدیگر را قضاوت و با هم درددل کنند. این گفت‌وگوها برای پروفسور برنارد «سرشار از اطلاعاتی برای درک بهتر شهروندان، نیازهای آن‌ها و وضعیت ذهنی‌شان است. آن‌ها مشکلات واقعی‌ای را که از آن‌ها رنج می‌برند نشان می‌دهند.»

اما مسئولان پذیرش در خیابان پاسکال نگران‌اند. باوجودِ بسیج عمومی ساکنان، سازمان‌دهی در ساختمان از هجوم بی‌وقفهٔ بازدیدکنندگان جدید آسیب دیده است و حسنِ نیت و عملیات روزهای اولیه دیگر کافی نیست. خستگی غالب است و اقدامات انجام‌شده ناکارآمدند. حتی اگر مدت ملاقات ژوزف به میزان قابل‌توجهی کوتاه شده باشد، ساکنان زیر سنگینی شب‌های بی‌خوابی له شده و صبر و لبخند و روحیهٔ خوشامدگویی‌شان را از دست داده‌اند. آن‌ها هم به تناسب وضعیت، تغییر کرده‌اند. بازدیدکنندگان شاکی هستند و برخی صداها می‌گویند: «تا اینجا نیامده‌ایم که این‌طور با

ما برخورد شود.»

خانم پی‌یر خسته از نقش خود در مقام نمازگزار، استعفا می‌دهد. او هم از اینکه میل به مناجات و دعا را از دست داده، شاکی است و به سیمون ویدال که با دلسوزی گوش می‌دهد می‌گوید: «دعاهایی که زمانی به من آرامش و روشنی می‌داد، حالا به کابوسم تبدیل شده است.» سیمون ویدال هم خسته است و هرازگاهی بین دو بازدیدکننده به اتاق خانم پی‌یر می‌رود تا کنارش باشد. یک روز به خانم پی‌یر گفت که «این وضعیت دیگر نمی‌تواند ادامه پیدا کند.» خانم پی‌یر هم از او تشکر کرد و قول داد که برایش دعا کند. خانم پی‌یر اما می‌خواهد که در اتاقش عزلت بگیرد و در خودش فروبرود. می‌خواهد به ژوزف نزدیک شود.

اولین گزارش «اتاق فکر» تحت مدیریت پروفسور برنارد فاجعه است. براساسِ تحقیقی جدی در نزد «شهروند-زائران» نشان می‌دهد که این پدیده پایدار خواهد بود. انتظارهای آسمانی که در اطراف ژوزف گسترش پیدا کرده، جمعیت رو به افزایش زائران را پیش‌بینی می‌کند.» پورفسور برنارد در مقابل مجلسی از مسئولان مضطرب عالی‌رتبهٔ شهری با طمأنینه توضیح می‌دهد: «ما در مقابل پدیده‌ای هستیم که در جوامع بدوی تکرار می‌شود؛ این جریان نشان می‌دهد که انسان تا چه اندازه به صداهایی که از آسمان می‌آید حساس است. ژوزف اکنون اثر تخیل جمعی است. متعلق به هر شهروندی است که به او اعتقاد دارد، و بخشی از مالکیت عمومی است. شایعه‌های مربوط به قدرت شفابخش آسمانی او را باید جدی گرفت. مهار تخیل مردم غیرممکن است. مسئولان باید مدیریت آن را بیاموزند و بر باور جمعی مسلط شوند. خطرات زیادی پیشِ روست. ما نباید قلبی که ژوزف را دوست دارد بشکنیم، بلکه باید از خشم مؤمنان هراس داشته باشیم.»

این تأملات اگرچه انتزاعی است، اما بر تصمیم‌های مسئولان تأثیر

می‌گذارد. حرفه‌ای بودن حرف اول را می‌زند. فرصت وقت تلف کردن نیست. دفاتر «مأمن‌های مقدس» در شهرهای مختلف ایجاد می‌شود و نمایندگان برای تنظیم تعداد زائران هماهنگ می‌شوند. از هر مسافر، از لحظهٔ خروج از شهرش تا بازگشتش مراقبت می‌شود. مأموران جدید شهر، با لباس‌های مشکی، همه‌جا در خدمت بازدیدکنندگان هستند. عکس‌های یادگاری ژوزف و دعاهای ضبط‌شدهٔ خانم پی‌یر به تعداد زیاد منتشر می‌شود و در دسترس عموم قرار می‌گیرد. همه‌چیز طوری برنامه‌ریزی شده است که کمبودی نباشد یا چیزی باعث ناراحتی بازدیدکنندگان در مدت اقامتشان نشود. مقامات شهر برای احتیاط از قدرت مرکزی تقاضای کمک می‌کنند. خیابان پاسکال در مرکز همهٔ نگاه‌ها قرار می‌گیرد. آنجا به قلب جهان مبدل شده است، به مظهر امید برای شهروندان.

بوها مرتب تغییر می‌کنند و درهم قاطی می‌شوند. بوی بدن، بوی عرق، بوی نفس. با هم ترکیب می‌شوند و به کلمات، تصاویر و صداهای جدیدی تبدیل می‌شوند. از صبح تا غروب، تمام شب، ژوزف با چشم‌های بسته خواب می‌بیند. همه‌چیز را می‌بیند؛ حرکت هوا را در فضا با هر عبور و با هر جابه‌جایی احساس می‌کند. او بوی بازدیدکنندگان و عطر هرکدام را به‌طور مشخص استشمام می‌کند، اما وانمود می‌کند که خواب است. حتی می‌داند که خانم پی‌یر دیگر واقعاً دعا نمی‌خواند. آن‌ها می‌خواهند زبان کوچکش بلرزد و او هم می‌لرزاند. ژوزف فقط می‌خواهد آرامش داشته باشد. او این کار را برای محققان جوان انجام می‌دهد. حداقل این را مدیون آن‌هاست. خانم پی‌یر واقعی یا نوار ضبط‌شده چه فرقی دارد؟ ژوزف خنده‌اش می‌گیرد، اما نمی‌خندد برای اینکه مجبور نشود همیشه بخندد. البته مطمئن است که یک روز برای سرگرمی هم که شده این را برای ماری تعریف خواهد کرد. فکر کردن به ماری غمگینش می‌کند. بی‌آنکه به خود اقرار کند همهٔ این مدت را به‌دنبالش بوده است و کشیک می‌داده تا شاید او را ببیند یا حتی بویی از او بشنود. هنوز هم در هر عبوری کشیک می‌دهد. از درِ ورودی ساختمان تا اتاقش. می‌داند که زائران چقدر

باید منتظر بمانند تا او را ببینند، اما ماری نمی‌آید. هرگز نخواهد آمد. ماری است دیگر. بعد از نابودی، فقط رایحهٔ اوست که می‌ماند، و ژوزف این را می‌داند. ماری همان اثر ناتمام ژوزف است در درد شدید نبودنش. اثر ناتمام زندگی‌اش، اثری از تخیلات بیمارش.

یکی از مأموران جدید با لباس سیاه، آرام و بدون داد و فریاد می‌گوید: «باید جای تختخواب را عوض کنیم و دو صندلی نصب کنیم. فصل بازدیدهای انفرادی به پایان رسیده است. باید بازدهی از زمان را بالا ببریم.» محققان جوان فکر می‌کنند، قدرت یعنی این، و مأموران تختخواب را بی‌معطلی حرکت می‌دهند. از دیوار دورش می‌کنند، و چشم‌انداز و پنجره و آینه و تصویرش در آینه را با همهٔ دوستانش، یعنی مورچه‌ها، از ژوزف می‌گیرند. یکی از محققان با تردید می‌گوید: «نه!» و بعد ساکت می‌ماند. دیگری واکنشی نشان نمی‌دهد. آن‌ها هم خسته‌اند، دیگر احساسِ جوانی نمی‌کنند. زندگی‌شان، شب و روز، در این اتاق کوچک نه‌متری، جایی که تمام وقتشان با نگاه کردن، مشاهده و کنترل کردن سوراخ دهان ژوزف و این گلویی می‌گذرد که بیش از همیشه تاریک و تار است. جای تختخواب در یک چشم به‌هم زدن عوض می‌شود. مأموران جدید قوی هستند. هیچ‌چیز نمی‌تواند جلویشان را بگیرد. آن‌ها تختخواب و ژوزف را هم‌زمان جابه‌جا کردند. محققان چیزی نمی‌گویند، اما با خود فکر می‌کنند، داشتن چنین افراد محکمی اطمینان‌بخش است. با اینکه اتاق از حالت معمول خودش بیرون می‌آید و همه‌چیز مختل می‌شود، اما آن‌ها باز هم عکس‌العملی نشان نمی‌دهند. زبان کوچک ژوزف این تغییرات را تحمل نمی‌کند و از حرکت بازمی‌ایستد. دهانش نیز بسته می‌شود. «باید مانع بسته شدنش شد. باید دهان باز بماند و زبان

به حرکت دربیاید.» وحشت همه را می‌گیرد. آن‌ها دوباره تختخواب را به‌جای خود، رو به پنجره و آینه، برمی‌گردانند، اما هیچ. زبان کوچکش دیگر حرکت نمی‌کند. بازدیدکنندگان بی‌تابی می‌کنند. سیمون ویدال دیگر طاقت ندارد و نمی‌تواند آن‌ها را منتظر نگه دارد. آن‌ها برای دیدن ژوزف و زبان کوچکش سفر کرده‌اند. محققان جوان تسلیم می‌شوند؛ آن‌ها طوری رفتار می‌کنند مثل اینکه زبان کوچکش می‌لرزد؛ و بازدیدکنندگان نیز طوری رفتار می‌کنند که گویی لرزشش را می‌بینند؛ و آن‌ها لرزش ظریف، لرزشِ آسمانی زبان کوچک را می‌بینند. شاید.

پروفسور برنارد تقریباً از حال می‌رود و فریاد می‌زند: «باشکوه است. باورنکردنی است. معجزه اینجاست. توضیح این ماجرا بیهوده است، چگونه می‌توان چیزهای غیرقابل‌توضیح را توضیح داد. ما در اینجا شاهد ظهور یک اتفاق عجیب و غریب هستیم.»

او چشمش را از روی عکس برنمی‌دارد، مورچه‌ها درون عکس، روی بدن ژوزف، دور تختخوابش. عکس را روی میز می‌گذارد و عکس دیگری برمی‌دارد و از شدت احساسات به خود می‌لرزد. بعد باز هم عکسی دیگر. مورچه‌ها هنوز آنجا هستند، یکی دیگر و باز هم دیگری. چند روزی است که انبوهی از عکس‌ها به‌سمت دفتر تازهٔ «اطلاعات و شکایات» سرازیر شده است. از تصور خارج است. شهروندان ترسیده‌اند، مسئولان هم همین‌طور. برخی می‌گویند: «این نشانه‌ای آسمانی است.» دیگران می‌گویند: «آن‌ها برای محافظت از او آمده‌اند.» هیچ‌کس با کسی مخالفت نمی‌کند. هرکدام در عکس خود، نشسته روی صندلی، کنار تختخواب، و بقیه همه مورچه هستند. آن‌ها به‌آرامی و به‌تدریج ظاهر می‌شوند. شایعات درهم‌برهمی از زبان کسانی که گذشتهٔ اینجا را حفاری کرده‌اند، یا کسانی که هنوز آن را به یاد دارند به گوش می‌رسد که «مورچه‌ها همیشه در

ساختمان بوده‌اند.» در این مدت اتفاق‌های زیادی افتاده است. باید به فکر شرایط بهداشتی مراقبت از پیکر بود. در طوماری که دست‌به‌دست شده و از شهری به شهر دیگر رسیده، آمده است که «ما باید پیکرش را حفظ کنیم.» نگرانی‌هایی دربارهٔ شرایط «فاجعه‌بار» حفظ پیکر ژوزف وجود دارد. همه‌چیز خیلی سریع پیش می‌رود، خیلی سریع. «همه‌چیز به‌هم ربط دارد؛ بسته شدن دهان ژوزف، توقف لرزش‌های زبان کوچکش. بایستی محققان جوان را بازجویی کرد. چرا این سکوت؟ آمدن مورچه‌ها را ندیدند؟ آن‌ها کی‌اند؟ چه چیزی را پنهان می‌کنند؟»

مورچه‌ها در عکس‌ها زنده‌اند و در ستون‌هایی منظم و بی‌پایان به‌سمت ژوزف پیشروی می‌کنند. بدن او را گرامی می‌دارند و در برابرش سجده می‌کنند. دور تختخواب او می‌چرخند، سپس راه را به دیگران می‌دهند و دیگران به دیگران، تا بی‌نهایت.

پروفسور مثل کودکی، عکس‌ها را برمی‌گرداند وپشت آن‌ها را نگاه می‌کند. پشت آن‌ها چیزی نیست. چگونه باور کنیم؟ مسخ مورچه‌ها، لحظه‌ای از آن‌ها چشم برنمی‌دارد. شاخک‌ها از همه‌طرف می‌چرخند و صحنهٔ نبردهای بزرگی مثل «جوامع ابتدایی» را ترسیم می‌کنند. پروفسور همچون مردی جن‌زده فریاد می‌زند، عکس‌ها را به هوا پرتاب می‌کند و می‌دود تا جلوی پیکر ژوزف سجده کند. «پس واقعیت داشت. این پایان کار است، این جنگ آخر است. قیامت است.» او گریه‌کنان فریاد می‌زند و ملتمسانه از ژوزف می‌خواهد که آن‌ها را ترک نکند. کسی دیگر پروفسور را نمی‌شناسد. آلبرت که انگار می‌ترسد جور دیگری فکر کند با خود می‌گوید: «او دیوانه شده.» و قاضی درحالی‌که با تمسخر انگشت اشاره‌اش را بر سر پروفسور می‌کوبد می‌گوید: «از زیر بار فکر راحت شده است.» و ادامه می‌دهد: «چیزهایی هم هستند که از ما فرار می‌کنند؟ هان پروفسور؟» و دستور می‌دهد او را تا پایان عملیات نجات در اتاق سرایدار

در طبقهٔ هشتم حبس کنند. قاضی می‌گوید: «جنگ، جنگ است. مرئی یا نامرئی، ما قصد داریم این حیوانات موذیِ آلوده را برای همیشه ریشه‌کن کنیم.» همه با خوشحالی از اینکه قاضی کار را دست گرفته است متفرق می‌شوند. فریاد پروفسور در ساختمان و در هر طبقه طنین‌انداز می‌شود. فریادش که می‌گوید: «این یک معجزه است.»

خشونت در محله و شهر پرسه می‌زند. مردهایی با لباس‌های غیرنظامی از سرویس‌های نظارتی به مردان سیاه‌پوش پیوسته‌اند و به‌طور مشترک نظم و امنیت شهر را به عهده می‌گیرند. اهالی و زائران، به خارج از مرزهای محله بدرقه می‌شوند. برخی مقاومت می‌کنند و صداها بلند می‌شود. آن‌ها درخواست انتقال پیکر ژوزف را به مکانی مناسب دارند.

همهٔ نگاه‌ها به دهان قاضی است. او لباس سیاه قضاوت خود را پوشیده، موهایش را به عقب شانه کرده و بدنش را به‌سمت آسمان کشیده است. قاضی آراسته و باشکوه، جمعیت را در نظر می‌گیرد و مدتی طولانی به آن‌ها گوش می‌دهد. شعارهای افسار گسیخته‌ای که می‌گویند: «ما می‌میریم تا ژوزف زنده بماند.» فریادها به هوا بلند می‌شود، آسمان را پر می‌کند، به سکو می‌رسد و صورت او را می‌پوشاند. قاضی خشم و دیوانگی‌شان را احساس می‌کند. این فریادها با گریه‌های ترسناکِ آن‌هایی که از او طلب رحمت می‌کردند متفاوت است. آن‌ها همان مردم‌اند. او هیچ‌چیزِ گذشته را فراموش نکرده است. همه را به یاد می‌آورد. از زمانی که به‌اجبار وارد ساختمان شد، وقت داشت به زندگی‌اش فکر کند. تبعیدْ اوقاتش را تلخ کرده بود، و حالا از جمعیتی، که در برابرش هیجان‌زده است، نفرت داشت. جمعیتی که از او معجزه می‌خواهند که می‌خواهند ژوزف را از چنگ این حیوانات موذی نجات دهد. آن‌ها همان‌هایی هستند

که در بدترین لحظه‌های زندگی او را طرد کرده و شرافت او را زیر پا گذاشته بودند. او در قبال همهٔ همنوعانی که امروز تحسینش می‌کنند منزجر است؛ همنوعانی که قدرت فراموشی‌شان اجازه می‌دهد زندگی کنند و زیر بار گذشته له نشوند، اما او نمی‌تواند فراموش کند.

انتظارْ جمعیت را دیوانه‌تر می‌کند و بدن قاضی با شعارها هماهنگ می‌شود. «ما می‌میریم تا ژوزف زنده بماند.» او بی‌آنکه لب‌هایش تسلیم شوند لبخند می‌زند و می‌گوید: «آن‌ها برای ژوزف اینجا هستند، من هم همین‌طور.» قاضی برای انتقام از کسانی که او را به اشتباه متهم کرده بودند، مدت‌ها منتظر این لحظه بود تا بالاخره کار ناتمامش را تمام کند. با خود فکر می‌کند، عدالت اجرا شده است و احساس می‌کند که او تنها کسی است که می‌تواند چنین جمعیت دیوانه‌ای را مدیریت کند. او مرد این موقعیت‌هاست. این را با خود تکرار می‌کند و درحالی‌که دست‌هایش را برای برقراری سکوت بالا گرفته است، سکوت برقرار می‌شود.

«شما را می‌فهمم.»

صدای قاضی فضا را پر می‌کند و در خیابان‌ها و کوچه‌های شهر طنین‌انداز می‌شود. جمعیت گیج و مبهوت است. هیچ‌کس نمی‌داند چه شنیده و آیا خوب فهمیده است. یکی با ترس و لرز برای شکستن سکوت و بیرون آمدن از این رخوت می‌خواهد شعار بدهد. «ما می‌میریم...» اما بلافاصله زیر نگاه سنگین بقیه ساکت می‌شود.

قاضی پس از سکوتی طولانی، با صدایی قوی، متأثر و لرزان می‌گوید: «من به شما نیاز دارم.» و ناگهان با حرکت باشکوهی که به دستانش می‌دهد فریاد می‌زند: «ما همه با هم جان خود را فدای ژوزف می‌کنیم.» موهای سرش که به عقب شانه شده، به پرواز درمی‌آید و به حرکت بازوانش که در دو طرف بدن باز شده می‌پیوندد. این تصویری الهی از مرد زیبایی است که از این پس تجسم قدرتی زمینی خواهد بود.

«ما ورق را برمی‌گردانیم، گذشته را فراموش می‌کنیم، وقایعی را که از هم جدایمان کرده است، دفن می‌کنیم. حافظهٔ ما را فلج می‌کند. به یاد آوردن، ما را از فکر کردن و زندگی کردن بازمی‌دارد، خفه‌مان می‌کند.» قاضی لحظه‌ای مکث می‌کند و به جمعیت نگاه می‌کند. همه را تار

می‌بیند. صدایش در سرش می‌پیچد و صدایش را نمی‌شناسد. دیگر حتی خودش را هم نمی‌شناسد. ناگهان از احساس و میل عجیبی پر می‌شود، میل یکی شدن با دیگران، با این تودهٔ ناشناس، با جمعیتی که او هیچ‌چیز از آن‌ها نمی‌داند. سکوتی که از این جمع برمی‌خیزد، جمعی متحد به اعتقادی مشترک، قاضی را به گذشته‌ای دور می‌برد؛ به روزهایی که عمیقاً به قضاوت و رسالتش در عدالت اعتقاد داشت، اما در این سکوت اشرافیت سادگی را احساس می‌کند، لزوم حیاتیِ فراموشی برای ادامهٔ زندگی را درک می‌کند، برای اینکه به‌راحتی زیر سنگینی بار گذشته له نشویم، به همین سادگی.

«ما تو را فراموش نمی‌کنیم، ژوزف. ما در راه تو به‌سوی تو می‌آییم، همان راهی که برای ما روشن کرده‌ای: «گذشته را فراموش کردن، دفن کردن و پاک کردن.» ما در حال، زندگی خواهیم کرد تا بدین ترتیب معنای وجودی‌مان را پیدا کنیم و شاد باشیم. ما تو را از دنیای این جانوران موذی بیرون می‌آوریم و پاک می‌کنیم تا دشمنان نامرئی‌ات را نابود کنیم، این ارواح که بدن شکننده‌ات را می‌جوند و زندگی ما را مسموم کرده‌اند.»

جمعیت اغوا می‌شود و با شور و احساس کف می‌زند. قاضی از حرف‌های خود متأثر شده است و گرمی صمیمانهٔ تشویق را نشانه‌ای از قدردانی از خود می‌بیند و احساس می‌کند از عشقی بی‌پایان به این آدم‌ها پر شده است که ناگهان فکر می‌کند یک عمر آن‌ها را می‌شناسد.

«این یک معجزه است دوستان عزیزم. ما اینجاییم و همگی با هم دور او جمع شده‌ایم، برای او. ای ژوزف، ای که ما را به راه خیر و روشنی هدایت کرده‌ای، آسوده بخواب که ما برای همیشه در کنار تو خواهیم بود.»

قاضی در حالت خلسه، ناگهان سخنرانی‌اش را قطع می‌کند و مثل یک خوابگرد به‌سمت جمعیت پیش می‌رود. جمعیت به هنگام عبورِ او دو نیم می‌شود. پژواک آخرین کلماتش هنوز در فضا طنین‌انداز است، او دل‌ها

و جان‌های رهاشده را به رقصی پیوند می‌زند که در لحظه‌های ملکوتی ضرب می‌گیرد. خیابان پاسکال هرگز تا این اندازه با روح ژوزف هماهنگ نبوده است.

قاضی می‌داند که اینجا میعادگاه بزرگی است با تاریخ، و از زمانی که سرنوشتش با سرنوشت ژوزف پیوند خورد، منتظر این روز بوده است. زائران به‌طور دسته‌جمعی وارد شده‌اند و عدهٔ بیشتری هنوز درحالِ ورود هستند. همه به آن شهر و به خیابان پاسکال، به آن محله و خیابان‌های اطرافش سرازیر شده‌اند. مردم همه‌جا هستند. هفت روز و هفت شب طول کشیده بود تا جابه‌جایی پیکر ژوزف میسّر شود. قاضی هیچ‌چیز را به حال خود رها نکرده و همه را با دقت و شخصاً آماده کرده است. او مدام به اطرافیانش تکرار می‌کند: «مراسم باید باشکوه باشد.» شهروندان در پیاده‌روها و پشت طناب‌های ضخیم امنیتی جمع شده‌اند. مسئولان نظم جمعیت، همان مردانی که لباس سیاه پوشیده‌اند به‌طور چشمگیری همه‌جا هستند. آن‌ها مراقب‌اند که جمعیت لبریز نکند. همه درحالِ آماده‌باش‌اند، هم مقامات و هم شهروندان.

هوا خوب و آرام است. لب‌ها بی‌صدا می‌لرزند و دعا می‌خوانند. انگار نمی‌خواهند نظم شب و فرارسیدن روز را به‌هم بزنند. به‌زودی ساعتِ پنج‌وبیست‌وپنج دقیقهٔ صبح از راه می‌رسد. ساعت فریاد، فریاد او. ساعتی که پیکر او به زادگاهش بازگردانده می‌شود. قاضی این‌طور خواسته و همه

بی‌صدا و امیدوار منتظرند که یک‌بار دیگر او را ببینند. با نوری در چشم‌ها؛ نوری عجیب، نامحسوس و بی‌نام. از آهی که گاه‌به‌گاه از سر خستگی یا اندوه می‌آید، یا از روشنایی چشمی که از دور سوسو می‌زند، ترسی پنهان و نامرئی بیرون می‌آید و بر پوست شبِ رو به پایان کشیده می‌شود. انتظار دیگر طول نخواهد کشید، چند دقیقهٔ دیگر، چند ثانیه، و دعای خانم پی‌یر، که برای همگان آشناست، آسمان را پر می‌کند. بدن‌ها به حرکت درمی‌آیند. حرکتی که می‌خواهد بگوید: «بالاخره.» صداها بلند می‌شود، آن‌ها زمزمه‌کنان دعا می‌خوانند، و صدای خانم پی‌یر از دهان هرکدامشان بیرون می‌ریزد. مناجات همهٔ فضا و آسمان را پر کرده است. همه صدا می‌شوند، همه یک‌صدا، و نور مردد شبِ پایانی ناگهان جای خود را به بارانی از پرتوها می‌دهد که در فضا پراکنده شده است و چهره‌ها را یکی پس از دیگری روشن می‌کند. نورهایی که در مناجاتی که از شهر بلند شده می‌چرخند و زمین و آسمان را در بی‌نهایت با هم یکی می‌کنند. ناگهان همه‌چیز از بین می‌رود، نور و صدا، همه. فقط سیاهی می‌ماند و تاریکی. شهر و آسمان هر دو در سکوت فرومی‌روند. هیچ اتفاقی نمی‌افتد، هیچ اتفاقی. انتظار طولانی می‌شود، ابدیت. آه و حسرت بلند است و همه به اضطرابِ انتهای شب پایانی تبدیل می‌شوند. ساعت پنج‌وبیست‌وپنج دقیقهٔ صبح است، زمانِ فریاد.

ظهور آرامِ نور نازک و کم‌رنگی در آسمان به انتظارها پایان می‌دهد. نوری که شیء ناشناخته‌ای را که به‌آرامی در فضا حرکت می‌کند، روشن کرده است، و همهٔ چشم‌ها به شیئی است و به‌دنبالش در حرکت. نور به‌آرامی شدت می‌گیرد تا آنجا که همه، شیء فضایی را می‌بینند. یک گنبد شیشه‌ایِ شفاف. نور و گنبد بااحتیاط به‌سمت زمین و خیابان پاسکال، مقابل ساختمانِ شمارهٔ یازده حرکت می‌کنند تا روی شانه‌های محکمِ مردانی با لباس‌های سیاه که در ستون‌های منظمی منتظرند قرار گیرد.

جمعیت در تاریکی، ژوزف را می‌بینند که روی تختخوابش در گنبد دراز کشیده است و دو محقق جوان او را دوره کرده‌اند و روی صورتش خم شده‌اند تا از نزدیک واکنش‌های زبان کوچکش را ببینند. همه زمزمه می‌کنند: «جادویی است.» قاضی از روی پشت‌بام ساختمان شمارهٔ یازده مانند یک فرماندهٔ جنگی به تماشای این منظره نشسته است. هیچ‌چیز از تیررس نگاهش دور نمی‌ماند. شگفتی اینجاست، او تأثری را که از دل خیابان بیرون می‌زند احساس می‌کند. کاروان منتظر است تا قاضی با لباس بلند و سیاه خود از راه برسد و راهپیمایی شروع شود.

زیر ضرب‌های بلند طبل، قاضی قدم‌هایش را تنظیم می‌کند. گنبدِ نورانی به‌آرامی در هوا حرکت می‌کند و قاضی انتهای زنجیری را در دست گرفته است که او را به گنبد وصل می‌کند. بدن‌های پیچ‌خورده و به جلو خم‌شدهٔ مردم، به‌همراه زنجیری که در هوا کشیده می‌شود، همه نشانِ رسالت ژوزف و تسلیم بزرگ قاضی در برابر بزرگی اوست. زائران منقلب‌اند. با چشمان متعجب هنگام رد شدن کاروان به سجده می‌روند و قاضی را از اینکه به آن‌ها وفادار بوده تحسین می‌کنند. قاضی با وجود هیاهوی طبل‌ها صدای مردم را می‌شنود که می‌گویند: «دهانش را می‌بینم، کاملاً باز است. اوه زبانش، دهانش را دیدم. او دهانش را باز کرده. این زیباترین روز زندگی‌ام است.» قاضی از شنیدن کلمات متأثر می‌شود و احساسات به صورتش می‌دوند و کفِ خیابان پاسکال، زیر سنگینی آن زنجیر، اشک و عرقش با هم یکی می‌شوند. یک آب واحد.

گنبد به‌آرامی پیش می‌رود. همه وقت دارند تا رنج قاضی را ببینند، زنجیری که او را به گنبد وصل می‌کند و درنهایت ژوزفی که میان دو فرشتهٔ نگهبانش آرام خوابیده است. همه‌چیز به‌دقت حساب شده است تا از این مراسم باشکوه خاطره‌ای فراموش‌نشدنی باقی بماند. بال زدن پرندگان در تاریکی، چشم‌ها را به‌سمت آسمان می‌چرخاند. به‌سمت کبوترهای

سفیدی که چندین‌بار دور گنبد می‌چرخند و دوباره به دلِ تاریکی فرومی‌روند. کوبش بال‌هایشان با موسیقی طبل‌ها درهم می‌آمیزد و این‌بار با تعداد بیشتری باز می‌گردند. آن‌ها در هماهنگی بی‌نظیری دور گنبد می‌چرخند و دوباره همه با هم ناپدید می‌شوند. بارها می‌روند و می‌آیند و هر بار به تعدادشان افزوده می‌شود، و درنهایت کنار سوراخ نوک گنبد فرود می‌آیند. این رقص وداع با ژوزف هیچ زائری را بی‌تفاوت نمی‌گذارد. قاضی یواشکی واکنش‌های جمعیت را تماشا می‌کند. همه در اوج احساساتشان هستند. دو محقق جوان که هم جذب این منظره شده و هم ترسیده‌اند، به‌طور موقت دهان و زبان کوچک ژوزف را به حال خود رها کرده‌اند. برخی از کبوترها سعی می‌کنند به داخل گنبد نفوذ کنند. بالای گنبد که قبلاً از فضلهٔ پرنده‌های رقصنده سفید شده است، توجه محققان را به خود جلب می‌کند و متوجه می‌شوند که کبوتری وارد گنبد شده است و به‌سمت صورت ژوزف می‌تازد. آن دو با یک حرکت سریع و خودجوش خود را روی ژوزف می‌اندازند تا او را از این اهانت نجات دهند، اما بلافاصله دور و ناگهان به عقب رانده می‌شوند. زبان کوچک ژوزف با سرعت غیرقابل‌تصوری شروع به لرزه می‌کند، و صدایی عجیب و گوش‌خراش از خود درمی‌آورد. زائران با حیرت به دو محقق جوان نگاه می‌کنند. صدا بلند و بلندتر می‌شود و در فضای گنبد طنین می‌اندازد. کبوتر زندانی که ترسیده است پرواز می‌کند و فرار می‌کند و از خیابان پاسکال دور می‌شود، و صدای خرد شدن چیزی در نمای ساختمان شمارهٔ یازده نگرانی را به چهرهٔ همگان می‌نشاند. قاضی به‌سمت گنبد می‌چرخد، و محققان هراسان از همه جهت تکان می‌خورند و به‌دنبال راهی برای خروج‌اند. گنبد روی شانه‌های مردان با لباس سیاه حرکت می‌کند. آن‌ها تا جایی که می‌توانند سعی دارند تعادلشان را حفظ کنند. قاضی با صورتی خیس از عرق و زنجیری که هنوز در دستانش مانده، مات و مبهوت نظاره‌گر نابودی اثر زندگی‌اش جلوی

چشمانش است. او نه فرصت کاری و نه حتی فریادزدنی دارد که ناگهان سروصدای زبان کوچک ژوزف به فریادی بلند یا جیغی خارق‌العاده تبدیل می‌شود و گنبد نورانی را در هوا منفجر می‌کند. نام ماری در آسمان طنین می‌اندازد. ژوزف با صورتی رنگ‌پریده و چشمانی فرسوده نیم‌خیز می‌شود و سپس مثل یک خوابگرد، چند قدم به‌طرف جمعیتی برمی‌دارد که به هر طرف فرار می‌کنند. وحشت همه‌جا را می‌گیرد. بدن‌ها می‌افتند و در مسیر روی هم انباشته می‌شوند. زمین ناله می‌کند و دیوارهای خیابان پاسکال یکی پس از دیگری فرومی‌ریزند. غبار مورچه‌ها، اشک‌ها و فریادها را خفه می‌کند. ژوزف با گامی سبک، بی‌تفاوت از روی اجساد انباشته، به‌سمت قبرستان می‌رود. لحظه‌ای می‌ایستد؛ انگار یکی صدایش می‌کند. انگار چیزی را فراموش کرده باشد. نور زرد طلوع روز، صورتش را می‌پوشاند و آن لبخند ملایمی را نمایان می‌کند که ماری خیلی دوست داشت.

مؤخره

مهدی خطیبی
ویراستار

«فریاد» با آنکه جلوه‌ای سهل و ممتنع دارد، اما رمانی تودرتو، چند وجهی و متشکل است که پرداختن به هر یک از وجوهش کار را به مثنوی هفتاد من کاغذ می‌کشاند. تشکلی اندیشیده‌شده که نویسنده‌اش چون میناکاری کلمات و شخصیت‌ها و رویدادها را آگاهانه در متن نشانده است تا خواننده پس از کنار هم چیدن هر یک به وحدت اندام‌واری برسد که بازتاب انعکاس فریادی شگفت است. این بازتاب انعکاس، شکل هندسی ویژه‌ای دارد، دایره‌های تودرتو. از این رهگذر، فریاد استعاره‌ای مرکب با دلالت‌های متکثر است که ابعاد مختلفی دارد که بزرگ‌ترین وجه انعکاسی آن، تنهایی انسان و معضلات اوست و این دقیقه که سازش با دنیای بیرون بسیار سخت است و همین ناگزیری دهشت‌زاست که موجب می‌شود زندگی اجتماعی، آزادی‌های درونی هر انسانی را از او بگیرد؛ بی‌دلیل محاکمه و محکوم شود؛ از جمع همگنانش مطرود و با یگانه چیزی که روبه‌رو شود انزوا و گوشه‌نشینی است. «قدرت» وادارش کند

تا به خبرچین و «تک‌نویس» تبدیل شود و بعد در فرایندی پیچیده که از آن محاکمه و تنهایی ریشه گرفته است، تبدیل به جسدی شود، جسدی که این‌بار قدرت و همگنان او آن را مقدس می‌پندارند. از این رهگذر وجه غالب شیوهٔ بیانی رمان فریاد، «آیرونی کلامی» است. طعنه‌ای سخت گزنده که بنیان همه‌چیز را به ریشخند می‌گیرد؛ قدرت‌های قراردادی، خرافات و حتی روابط اجتماعی و مناسبات آن را بی‌آنکه در دامچالهٔ شعار یا تقویم یا جغرافیایی خاص فروافتد.

سه فضا فریاد را در بر گرفته است.

۱. فضایی کافکایی

۲. فضایی بورخسی

۳. فضایی بکتی

شخصیت ژوزفِ فریاد قرابت ویژه‌ای با ژوزف محاکمهٔ کافکا دارد. حتی سرنوشتی همانند. بدون آنکه بداند چرا، محاکمه می‌شود. البته ژوزف رمان فریاد به‌عکس ژوزف رمان محاکمه نمی‌خواهد بی‌گناهی‌اش را ثابت کند و نویسندهٔ فریاد ذهنیات شخصیتش را عیان می‌کند، اما نویسندهٔ محاکمه فقط به کنش‌ها و واکنش‌های بیرونی می‌پردازد. در جایی دیگر از رمان فریاد، با مسخ کافکا روبه‌روییم. ژوزف نیز چون گرگور سامسا بر زمین خود را می‌کشاند و استحاله روی می‌دهد. فراموش نکنیم موتیف‌های ابزوردی فریاد نیز هم‌راستا با این فضاست.

فضای بورخسی رمان فریاد، نشئت‌گرفته از لابیرنت‌های بسیار در آن است. نمونهٔ این تودرتویی را می‌توان در سطرهای زیر یافت. «نیمه‌های شب ژوزف درحالی‌که نفسش سنگین شده است، از خواب می‌پرد. موقع نفس گرفتن، نگاهش بر آینه می‌لغزد. آن‌ها آنجا هستند، مورچه‌ها. سطح آینه را پوشانده‌اند. هیچ‌کدام روی دیوار و روی زمین نیستند. وحشت‌زده دستش را روی آینه می‌کشد. آن‌ها طرف دیگر آینه‌اند. دستش که نزدیک

می‌شود دور می‌شوند و وقتی برمی‌گرداند نزدیک می‌شوند. دوباره دستش نزدیک می‌شود، مورچه‌ها دور می‌شوند، دستش را برمی‌گرداند، مورچه‌ها نزدیک می‌شوند. ژوزف بلند می‌شود و با عجله اتاقش را ترک می‌کند.

مورچه‌ها پنج طبقه سرداب را بالا آمده‌اند و درحال‌حاضر در طبقهٔ منهای دو هستند. ژوزف دیوارها را لمس می‌کند، به زمین و سقف می‌نگرد، آن‌ها آن‌طرف دیوار و زمین و سقف هستند. تونل مورچه‌ها. صدای سرایدار را از طبقهٔ هفتم سرداب و از انتهای راهرو می‌شنود. ژوزف می‌ترسد و مخفی می‌شود، اما هیچ اتفاقی نمی‌افتد. حالا صدای دعای خانم پی‌یر می‌آید. پچ‌پچ محققان جوان و ناگهان صدای ماری... ژوزف مثل سنگی مات و مبهوت می‌ماند. صداها از اتاق پشتی، از میز بیضی‌شکل انتهای راهرو می‌آیند. با پاهایی لرزان جلو می‌رود. مورچه‌ها نگاهش می‌کنند. هزاران چشم بی‌آنکه حرکتی کنند با هم به او خیره می‌شوند. شاخک‌هایشان از همه طرف می‌رقصند. سرگیجه‌آور. آن‌ها هوا را به لرزه درمی‌آورند و ناگهان متوقف می‌شوند. صداها قطع شده‌اند و مورچه‌ها در سکوت بی‌عمق به انتظار ایستاده‌اند. همه‌چیز زیر سنگینی نگاهشان فرومی‌ریزد؛ زمین، دیوارها، سقف. با یک انفجار همه‌چیز فرو خواهد ریخت، و بعد دوباره شروع می‌کنند. رقص شاخک‌هایشان دوباره شروع می‌شود. ماری می‌خندد. سرایدار چیزی در گوشش زمزمه می‌کند و او را می‌خنداند. ژوزف به عقب می‌رود. سرش گیج می‌رود. چشمانش را می‌بندد. می‌خواهد غثیان کند و خود را از سمی خالی کند که بیرون و درونش را پر کرده است. چشم‌هایش را باز می‌کند؛ مورچه‌ها و خندهٔ ماری. بلافاصله دوباره چشم‌هایش را می‌بندد. به عقب می‌رود؛ به‌سرعت سالن را ترک می‌کند و از پله‌ها بالا می‌رود.»

فضای بکتی در رمان فریاد در طنز سرد و آبستره‌ای جلوه می‌کند که گاه در زبان راوی یا شخصیت‌ها جلوه‌گر است. در یک موقعیت خشن ناگهان

شیوهٔ بیان به‌سمت طنزی سرد حرکت می‌کند که خاص بکت است. نمونهٔ این طنز را می‌توان در این سطرها دید که به‌نوعی مضحکهٔ مفاهیمی چون «قانون» و «عدالت» است که هم از جانب حاکم و هم محکوم با کنش «لبخند» جلوه‌گر می‌شود.

«قاضی منتظرش است. مردی بلندقد، باریک، ظریف و مهربان. او از آرامش مثال‌زدنی ژوزف قدردانی می‌کند و می‌گوید که رفتار او از لحظهٔ دستگیری‌اش تاکنون، نشانهٔ «اعتماد او به قانون و عدالت» است. ژوزف اما فکر می‌کند که این جمله تهی و بی‌مفهوم است. بااین‌همه، نه‌تنها از افکارش حرفی نمی‌زند، بلکه لبخندی هم می‌زند. قاضی هم لبخند می‌زند.»

روابط بینامتنیت یا به‌عبارتی رساتر «شکل‌گیری معنای متن از طریق متون دیگر» در رمان فریاد جلوه‌ای خاص دارد. جمله‌ها، سطرها یا فضاهایی که از آنِ نویسندگان یا شخصیت‌های تاریخی دیگر است چون سارتر، دوراس ، بکت، هدایت تا اسکندر مقدونی و ژنرال دوگل که در جنگ الجزایر خطاب به مبارزان گفت: «من شما را فهمیدم.» که همین جمله در ساختار اول شخص مفرد و در زبان حال، آغازگر آخرین فصل این رمان است حتی این اشارهٔ صریح به نقل‌قولی از نیچه. در رمان فریاد می‌خوانیم: «باوجودِ این حس می‌کند که با دیدن دائمی این‌همه حیله و شرارت و زشتی، خود او نیز در خطر تبدیل شدن به یک هیولا و ستمگر است.» که متنی جدید از متن نیچه شکل یافته است. نیچه در گزین‌گویهٔ ١٤٦ کتاب «فراسوی نیک و بد» می‌نویسد: «آن‌که با هیولاها دست‌وپنجه نرم می‌کند باید بپاید که خود درین میانه هیولا نشود. اگر دیری در مغاکی چشم بدوزی، آن مغاک نیز در تو چشم می‌دوزد[1].» حتی

---

۱. فردریش نیچه. (۱۳۷۵). فراسوی نیک و بد (پیش‌درآمد فلسفهٔ آینده) [بخش چهارم: گزین‌گویه‌ها و میان‌پرده‌ها، گزین‌گویهٔ ۱۴۶، ص ۱۲۵]، ترجمهٔ داریوش آشوری. تهران: شرکت سهامی انتشارات خوارزمی. چاپ سوم.

نویسنده به داستان‌های خود نیز ارجاعی داشته است. مثل «ساعت آبی» که هم نام مجموعه‌داستان‌های کوتاه اوست و هم رمزی که در روایت تأویل‌پذیر می‌شود. از این رهگذر می‌توان به نشانگان رمزی در رمان فریاد نیز اشاره کرد. نشانگان نام‌ها چون نام خیابان: «پاسکال». نشانگان اعداد یازده یا سیزده یا هفت و حتی دکور ساختمان که خود رمزگشایی ویژه‌ای را می‌طلبد.

این موارد گفته شد که به این نتیجه رسیده شود که رمان فریاد متنی گشوده است. تازه پس از خوانش نخست، شوق و کنجکاوی به‌وجود می‌آید تا به‌دنبال پرسش‌های سرشار در ذهن بگردی. زیرا هویت راستین روایت داستانی طرح سؤال است نه پاسخ دادن به آن.

Mehri Publication founded in 2012 in England. Mehri is a publishing house that aims to support writers, translators and artists to publish their works, in particular, the ones who are not allowed to publish their books in their own countries because of the censorship. It publishes books in Persian, English, Arabic, and other languages in the UK, divided in different categories such as Novel, Classic Literature, Poetry, Essay, Memoir, Translation Literature, Persian Humour, Art, Research and History, and Children book.

نشر مهری

منتشر کرده است:

ادبیات ترجمه:

رمان

و نهنگ او را بلعید ● امیر احمدی آریان؛ مترجم: سعید صحتی
فریاد ● محمود شکراللهی
باشد که دجله بر تو ناله سر دهد ● ایمیلی یَن مالفاتو؛ مترجم: کوروش انصاری
گزارش هدهد ● حبیب عبدالرب سروری؛ مترجم: مظلوم امطشر ظالم
اولین روزهای جهان ● سالم خلفانی؛ مترجم: حسین تهرانی
تشنگی ● اَملی نوتومب؛ مترجم: بابک بیات
مرا عاشق بنامید ● علی المقری؛ مترجم: حیدر ساعدی
تحقیق کوچکی درباره الیزه و یازده داستان دیگر ● مانون اُپهوف؛ مترجم: فروغ تمیمی
روزنگاری سوگ ● رولان بارت؛ مترجم: مهدی مرعشی
کولی‌ها هم عاشق می‌شوند ● واسینی الأعرج؛ مترجم: سید حمیدرضا مهاجرانی
زینت ● نوال السعداوی؛ مترجم: سید حمیدرضا مهاجرانی
گربه‌های پرنده ● احمد خلفانی
زن نامی ندارد ● دویگو آسنا؛ مترجم: یاسمن پوری
بازگشت روح آب ● پپه تِلا، مترجم: مهدی خاکی
افسونگر، ناباکوف و شادی ● لیلی اعظم زنگنه، مترجم: رضا پور اسماعیل
خانه سیاهان ● محمد حیاوی، مترجم: علی حسین‌نژاد
سرای شابندر ● محمد حیاوی، مترجم: غسان حمدان
پرنده شب ● اینگه بورک بایر، مترجم: گلناز غبرایی
حرامزاده استانبولی ● الیف شافاک، مترجم: گلناز غبرایی
گوآپا ● سلیم حداد، مترجم: فرزام کوهسار
سودایی ● جی ام. کوتسی، مترجم: محسن مینوخرد
مجازات غزه ● گیدئون لوی، مترجم: فرهاد مهدوی

داستان بلند

آلتس‌لند ● دورته هانس، مترجم: گلناز غبرایی

زن تخم مرغی ● لیندا. دی. کرینو، مترجم: میم. دمادم

سفرنامه

گذرگاه اصفهان ● مایته کارسنبرخ؛ مترجم: م. نیکوفر

شعر

آواز پل‌ها (گزیده اشعار شاعران معروف آلمانی زبان) ● مترجم: فرشته وزیری‌نسب

حماسه شیخ بدرالدین سیماونا ● ناظم حکمت؛ مترجم: هاشم خسروشاهی

بی‌آنکه از چشم‌هایم بخوانی (شعرهای اروتیک چپ) (دوزبانه: آلمانی و فارسی) ● آنا ماریا روداس؛ مترجم: علی‌اصغر فرداد

بوسه آسمانی (دوزبانه: فارسی و انگلیسی) ● کرولاین مری کلیفلد؛ مترجم: سپیده زمانی

در صدای تو می‌دانی چیست؟ ● جمال ثریا؛ مترجم: بهرنگ قاسمی

پرواز ایکاروس (دوزبانه: آلمانی و فارسی) ● هلیده دومین؛ مترجم: علی‌اصغر فرداد

آوازهای زیبایی‌ات ● شاعر: ماریو مرسیه؛ مترجم: هدی سجادی

جستار

روزمرگی در سرزمین رنج‌ها (روایت‌هایی از زندگی و روزگار شهروندان ایران زیر سایه جمهوری اسلامی) ● امیر عباس کلهر

نظریه مفاهیم واقعی ● جمشید شیخ لارآبادی

آبروی فقر یا چگونه فلاکت جانشین فقر می‌شود ● مجید رهنما؛ مترجم: و مقدمه: نازی عظیما

سوراخ فلسفه ● حسام‌الدین توکلی

از کتاب‌ها و ترانه‌ها ● فرشته مولوی

یک تصویر ارگانیک از یک نمونه ● تام تُر

مرثیه‌ای برای شکسپیر ● شهروز رشید

دفترهای دوکا ● شهروز رشید

MEHRI PUBLICATION

Novel, Translation literature * 37

Le cri

Mahmoud Chokrollahi
Translated by **Somayeh Dindarloo**

British Library Cataloguing Publication Data:
A catalogue record for this book is available from the British Library | ISBN: 978-1-916635-70-8|
|First Published Summer 2023| 144 Pages|
|Printed in the United Kingdom|

|Book & Cover Design: Mehri Studio | Edit: Mehdi Khatibi|

www.mehripublication.com
info@mehripublication.com

Le cri

Mahmoud Chokrollahi